# 諸神的差使

8

淺葉なつ
Natsu Asaba

# 目錄

# 諸神的差使

淺葉なつ

# 主要登場人物

**萩原良彥**——●本作的主角，二十五歲的打工族。被任命為替神明辦理差事的「差使」，趁著打工的閒暇之餘，在日本全國各地奔波。現在的煩惱是不知該送穗乃香什麼東西當入學賀禮。

**黃金**——●掌管方位吉凶的方位神，外表是隻狐狸，在情非得已的狀況之下成為良彥的監督者。酷愛甜食，認為良彥收到的甜食全該奉獻給自己。

**藤波孝太郎**——●良彥的老朋友，大主神社的權禰宜。外貌一表人才，總是笑臉迎人，但內心其實是個超級現實主義者。

**吉田穗乃香**——●大主神社宮司的女兒，今年春天上大學的大一新生。擁有「天眼」，能看見神、精靈及靈魂等等。與良彥相識以後，情感變得越來越豐富，逐漸展露出溫柔真誠的天性。

**吉田怜司**——●穗乃香的哥哥，在東京的企業工作的菁英上班族。雖然擁有靈異體質，卻總是以「巧合」二字解釋所有怪事。由於過度溺愛妹妹，視良彥為眼中釘。

# 說書

『天神國社縱有別，
輸誠之道無二致。』

這是藤原實兼吟詠的和歌，收錄於南北朝時代編纂的敕撰和歌集《風雅集》中。在日本，雖然有天津神、國津神與本社、攝社、末社之別，但奉祀的神明都是一樣尊貴，並無優劣之分。神明也一樣，不會因為豪華的供品與大量的獻饌而偏袒凡人。神明看的是誠心——這首歌闡述的即是這番為神之道。

「聽到誠心兩個字，就會想到新選組。」

在乘客稀少的午後電車裡，他將視線移向車窗。

「這一帶正是當年他們征戰的地區，也是動盪時代的中心地。」

凡人用鮮血與生命，數度改變了自己的世界。起初始於狩獵與採集的生活，逐漸進化為農耕；在溫飽有餘之後，又開始發展學問與藝術。有志之士憂國憂民，起而匡正天下；神明也隨著時代受到讚揚，又或被人遺忘。

「從神明的角度來看，現在的世界怎麼樣？」

面對他的問題，我暗自搜索言詞。這不是好壞兩字就能夠盡述的。

唯一能說的是，神明依然與凡人同在，始終未變。

無論時代更迭多少次，這是不變的真理。

直至我的鱗片褪去色彩的那一日為止——

若這個故事能被傳承下去，落入後世的凡人手中。

那也會是，無常人世中的一大樂事吧。

# 一尊　稻草人眼中的天空

# 一

太古時代，稻子從天照太御神的齋庭下放至人間，被視為稻荷神的宇迦之御魂神派遣祂的白狐眷屬們，將之散播到日本各地，眾狐神叼著稻穗，行遍大江南北。到了今天，日本依然有許多豐饒的水田倒映著天空的顏色。

「一二三，爹娘來示範；
四五六，孩子照樣學。」

稻作剛開始傳布的時候，祂總是面帶微笑地看著凡人一面哼唱這首歌一面播種。當時栽培方法尚未確立，田地的樣貌與現在截然不同，但同樣是從小小的種子開始發芽，逐漸茁壯。更早以前，有些地方甚至是與小米或水稗混作。人們研究如何提升收穫量，慢慢地培養技術，有些時候則是以天啟的形式獲得祂傳授的智慧。

「上天庇佑賜恩澤，
歡天喜地樂起舞，
誠心祈求秧苗長。」

雖然是為了獲取糧食填飽肚子而幹活，人們卻樂在其中，那副模樣祂至今仍然印象深刻。

佇立於田地旁的「曾富騰」是田神的依代，深受百姓信仰。

「一二三，仰天齊引吭，
四五六，曾富騰同聲唱。」

逐漸腐朽的身體仰望的天空，是這個世上最美的景色。

⛩

「別拿這種無聊事去煩人家。」

在前往奈良的電車裡，用肉趾抵著車窗眺望窗外風景的黃金，不容分說地一口否決。

「才不無聊咧。」

良彥忍不住大聲反駁，隨即又清了清喉嚨掩飾。午後的電車乘客並不多，但依然是幾乎座無虛席。待四面八方的視線不再集中在自己身上後，良彥才小聲地繼續說道：

「這可是穗乃香的入學賀禮耶！我想了一個月，還是想不出該送什麼才好。」

櫻花季節已然結束，從今天起進入五月，後天開始就是大型連假。想當然耳，三月順利從高中畢業的穗乃香早已展開大學生活。從不時往返的簡訊內容看來，她似乎頗為享受校園生活。良彥一直盤算著送個小禮物給她慶祝入學，誰知不知不覺間就過了一個月。他不知道相差五歲以上的女孩喜歡什麼東西，時常趁著打工回家的路上去逛百貨公司，又垂頭喪氣地踏上歸途。尤其一想到溺愛她的哥哥送的一定是大禮，更讓他擔心自己疲軟無力的荷包買得起不遜色的禮物嗎？

「現在要去見的是智慧之神，應該可以替我出個好主意吧。」

「何不問凶神惡煞（妹妹）？」

「太冒險了。」

妹妹上大學時，不容分說地從良彥身上搶走一萬圓現金，良彥完全不敢問她拿去買了什麼。別的不說，妹妹根本不知道穗乃香的存在，如果找她商量入學賀禮的事，不難想像一定會被刨根究底，最後不僅父母，恐怕連孝太郎都會在當天便得知所有內情。更何況今年春天升上大四的妹妹明年就要出社會了，屆時連就業賀禮的門檻都會跟著提高。良彥可不想造就這種未來。

「既然如此，更該自己動腦思考。別把神明當成方便的諮詢對象。」

黃金啼笑皆非地哼了一聲，如此回答。良彥嘀咕一句「死腦筋」，被祂用爪子毫不容情地抓了大腿一把。

昨天出現在宣之言書上的是良彥從未聽過的神名。不過，根據毛茸茸辭典所言，那尊神明的名字曾在《古事記》中登場過一次。良彥讀過白話版的文庫本《古事記》好幾次，但還是毫無印象。登場的神明太多，除了有名的幾尊以外，他實在記不得。

「建國途中，有尊小神來到大國主神身邊。這尊神是你也很熟悉的少彥名神，可是當時大國主神不知道祂的名字，便詢問蟾蜍。蟾蜍介紹了一尊神明，說『祂』或許知道。」

在最近的三輪站下了電車以後，可看見打著日本最古老名號的神社導覽板。不過今天的目的地不是那座神社，而是一旁的末社。越過平交道，走在掛著燈籠的參道上，只見一座原木鳥居指引著蒼翠森林的入口。良彥沒有穿越鳥居，而是走過麵線店前，在住宅區中繼續前進。片刻過後，通往目的神社的參道映入眼簾，寫著「智慧之神」的導覽板格外引人注目。良彥一面欣賞兩側的竹林，一面走上石階，一座小而莊嚴的瓦簷拜殿顯現身影。

「久延毘古命。久延之意為崩，受風吹雨打而腐朽者。雖然不能行走，卻能知天下事的稻草人。」

「……稻草人……」

在拜殿旁的空地上，良彥如此喃喃說道，搜索言詞。眼前確實有個稻草人，用和良彥的手臂一樣粗的圓木十字交叉組成，穿著滿是補釘的簡陋衣服，腳上木紋畢露，身高大約一百六十公分。它的臉是用髒布束成一團製成，以墨水點上的兩個黑點代表眼睛，鼻子的形狀活像平假名的「し」，嘴角帶著微笑，表情卻毫無變化，只有深淵般的雙眼直望著良彥。

「咦？等等，這個是活的嗎？」

「哦，居然詢問神明是死是活，真是充滿哲理的問題。」

「不是啦！我是說，這裡頭有東西嗎？很恐怖耶。」

在良彥與黃金交談的期間，稻草人依舊是文風不動。若是身在田裡，良彥大概會當成真正的稻草人，視而不見。

「先不說別的，為什麼稻草人能知天下事？稻草人根本不會動吧？」

「正因為不會動，才予人終日靜觀天下事的印象。除了智慧之神以外，祂也有農業之神或田神之稱。」

良彥還是有點難以置信，眨了眨眼。說什麼靜觀天下事，稻草人看得到的範圍有限吧？不過黃金都這麼說了，應該錯不了。現代的常識原本就不適用於神明。

「請問……祢是久延毘古命，沒錯吧……？」

良彥戰戰兢兢地詢問。倘若眼前只是一個普通的稻草人，他就成了和稻草人說話的笑話。

「——我是不是久延毘古命……從爾以此名稱呼的那一刻起，這個木棒與布結合而成的物體便有了這個名字。」

眼前的稻草人慢了一拍才如此回答。雖然聲音聽起來很清晰，但是畫上的嘴巴並沒有動。不只如此，良彥感受到一股麻煩的氣息。剛才那個問題只要回答「是」或「不是」就行了吧？

「然而，爾可曾想過，倘若我以『久延毘古命』自稱，那麼『木棒』與『布』之名又到何處去？」

問題的答案換來另一個問題，良彥目瞪口呆地回望稻草人那雙陰森森的黑眼珠。在他的人生中，從未如此深入思考過木棒與布的問題。

「哎呀呀，久延毘古命又在說這種艱澀難懂的話，真傷腦筋。」

一道低沉粗獷卻悠哉的聲音從地面傳來，良彥循聲望去，只見不知幾時間，稻草人的腳邊出現一隻良彥得用雙手才抱得動的大蟾蜍。分不清是褐色還是深綠色的背上有好幾個疣，肚子則是白色的，一雙黃色大眼骨碌碌地轉動著，瞳孔呈現細長的形狀。

「蟾蜍……好大隻喔。」

良彥誠實地說出感想。他並不討厭兩生類，但見到這隻大蟾蜍，身體還是不禁僵硬了一瞬間。到底是從哪裡冒出來的？

「哎呀，兩位就是方位神老爺和差使兄吧？」

在良彥的注意力被巨大蟾蜍吸引的時候，上空傳來這道聲音，隨即有個東西無聲無息地降落。

「歡迎來到久延毘古命的神社！」

用著與蟾蜍成對比的輕快聲音說話的，是一隻體長約四十公分、身體圓滾滾的貓頭鷹，一派老練地停在稻草人的手臂上。

「誠如所見，久延毘古命是稻草人。雖然《古事記》中記載祂不能行走，但其實在神社境內、田地裡和田間小路是可以稍微走動的。只不過祂最近通常杵在境內，大小事情都是由身為眷屬的我——富久和蟾蜍謠代勞。」

眾人轉移陣地，來到避人耳目的竹林之中。富久依然停在久延毘古命的左臂上，一面拍動褐、白色羽毛混雜的翅膀，一面滔滔不絕地說明。

「我有時也會化成人形，不過能夠走動的地點依然有限，因此不常外出。」

久延毘古命自己也接在富久之後說道。

「況且，越是維持人形，我便越是忍不住思考凡人與神明之間的界線。凡人是仿照神明的模樣創造，神明化為『人形』，帶有什麼涵義？」

「啊啊啊，現在別想那些複雜的問題！」

良彥連忙阻止久延毘古命陷入沉思。複雜的問題等祂一神獨處時再慢慢想吧。

「原來不只蛭兒大神，久延毘古命也不能走路啊……我的右膝也有傷，不能走路應該很不方便吧？」

「哦？右膝？」

「打棒球受的傷。」

良彥聳了聳肩。現在遇上天氣不好或走了許多路的日子，右膝依然會發疼。

「還有，這隻蟾蜍叫做謠……？向大國主神介紹久延毘古命的，該不會就是……」

「哦、哦，差使兄知道嗎？沒錯，我正是那隻蟾蜍，因為這段緣分而成為久延毘古命的眷屬。」

坐在久延毘古命右臂上的謠張開大口，予以肯定。用低沉的聲音緩慢說話似乎是祂的特徵。和羽毛豐滿的富久相比，祂的外貌免不了給人一種兩生類的難以親近感，但習慣以後，便會察覺祂的表情其實頗為豐富。

「沒想到會在這種地方遇見大國主神家族……」

良彥暗自嘀咕。即使不是血親，和祂有關聯的神明及動物很多，或許就廣義上而言，連久延毘古命都是家族之一。

「能讓差使兄記住，實在太榮幸了。容我獻醜一曲，表達感謝之意。」

話才說完，謠的喉嚨下方便隨之鼓起。下一瞬間，祂用低空飛行般的低音唱起歌來。

「一二三，爹娘來示範；

四五六，孩子照樣學——」

即使是在春光照射的竹林中這等舒爽宜人的環境，謠那低沉又如摩擦枯葉般的嘶啞嗓音，以及雖不到五音不全卻微妙走音的歌聲，依然帶來了極端的不適感。相較之下，那種毫無技巧、只會嘶吼的歌唱方式還要來得好上一點。

「謠！別唱了！」

在謠意氣風發地一展抖音技巧時，聽得渾身打顫的富久如此大叫，隨即翩然飛起、盤旋一圈，給了謠強烈的一踢，又立刻回到久延毘古命的左臂上。

「抱歉，方位神老爺、差使兄。謠是個沒有自知之明的音痴，以吟遊詩人自居，傳唱各個時代的故事。」

「沒、沒有自知之明的音痴是吟遊詩人，好厲害……」

良彥輕輕地撫摸起雞皮疙瘩的手臂。看富久的反應，謠應該被數落過不少次，但依然沒有自知之明，就某種意義而言，或許是天下無敵。

「讓我唱完嘛，〈田歌〉是我最拿手的曲子。」

謠險些被踢落久延毘古命的右臂，好不容易才用前腳抓住。

「是啊，富久，讓祂唱又有何妨？頂多是小鳥會頭暈掉下來而已。」

「久延毘古命，那可是命案啊。」

久延毘古命和富久挖苦起來毫不留情，但是，謠似乎不以為意，看來這大概是祂們的家常便飯。

「好難纏的眷屬……」

黃金的耳朵有些困惑地垂下來。鐃是方位神，似乎也難以承受剛才的歌曲。

「呃，可以進入正題了嗎？」

良彥呼籲眾神談正事。他必須盡快解決差事，接著請益該送什麼入學賀禮給穗乃香才行。

「久延毘古命的差事是？」

良彥望著本神的臉龐問道，但那雙黑洞般的眼睛和帶著笑意的嘴角依舊未變，在一聲不吭的狀態下看起來怪恐怖的。

「……差事啊……」

不久後，久延毘古命喃喃說道。

「什麼差事都行，看是有什麼困擾，還是有什麼事要我代勞。啊，不過，可別派那種改變世界之類的難題給我啊，要我做得到的。」

「爾做得到的？」

「對，像我這種再平凡不過的死老百姓也做得到的。」

聞言，久延毘古命微微歪頭思索，隨即靈光一閃，抬起頭來。

「那我有件事想拜託爾。」

「嗯，什麼事？」

「我想退——」

「啊啊啊啊啊啊啊啊啊啊！」

富久的大嗓門蓋過久延毘古命說到一半的話語。宏亮的聲音把良彥嚇得險些心跳停止。

「久延毘古命！怎麼又提起那件事？祢只是一時鬼迷心竅而已！」

「可是……」

「哎呀呀，還想著要退休嗎？居然變得這麼懦弱。」

謠在久延毘古命的右臂上緩緩地眨眼，一臉無奈。

「呃，請問一下……」

良彥摀著仍在撲通亂跳的胸口，介入麻吉三神組的對話之中。

「剛才久延毘古命是說祂想退休嗎？」

聞言，富久與謠隔著久延毘古命面面相覷，嘆了口氣，娓娓道來。

「老實說，這陣子，力量衰退的久延毘古命不管做什麼事都是有氣無力。之前就算不能動，好歹還會寫寫推理小說，現在連小說都不寫——」

「等等，小說？是化成人形，寫在紙上嗎？」

良彥緊抓著對方輕描淡寫帶過的話題不放。眼前的久延毘古命的手是不折不扣的圓木，應該不能握筆吧。

「哦，不不不，不是寫在紙上。」

說著，謠微微拉開久延毘古命的衣服，露出放在胸口的蘋果標誌四方形物體。

「是用這個平板電腦。」

「平板電腦！」

「這是大國主神相贈的。」

「又是祂！」

到底是從哪裡弄來的？良彥努力克制險些虛脫的自己。意外的寫作方法固然令他吃驚，但仔細想想，久延毘古命是智慧之神，運用最新科技或許是易如反掌。

「平板電腦？就是比智慧型手機更大的那個嗎？」

黃金搖著尾巴，喃喃問道。祂對於現代文明也相當適應了。

「建議久延毘古命寫小說的就是大國主神。祂說久延毘古命是安樂椅偵探，一定寫得出精彩的小說。」

「安、安樂椅……？」

「所謂的安樂椅偵探，就是不到現場，有時候甚至連房門也沒踏出一步，只靠著旁人提供的線索和推理便能找出犯人的偵探，在現在的推理界已經行之有年。因此大國主神就想，光靠著謠帶來的情報即能猜出來神是少彥名神的久延毘古命……莫非就是安樂椅偵探的始祖？」

良彥用手指抵著太陽穴。這麼一說倒也有幾分道理，但大國主神是怎麼想到這一點的？

「大國主神還惠賜了宣傳詞：『外表看似稻草人，智慧卻過於常人的名偵探——神！』……」

「祂根本是漫畫看太多吧。」

「無論如何，如同我剛才所述，久延毘古命不僅小說寫到一半就擱下，看見美景也沒有任何感動，凡人前來參拜亦毫無反應，最後甚至說要退休……」

富久一面以翅膀拭淚一面說明。

「退休……意思是不當神明了嗎……？」

換句話說，即是返回高天原之意？良彥如此詢問，久延毘古命無力地點了點頭。

「身為智慧之神的我擁有舉世無雙的睿智，不再為任何事物驚訝或感嘆，就連這個世上最美麗的天空都看膩了……人間少了我，應該也無妨吧。」

久延毘古命漫不經心地轉動腦袋，從竹林間仰望天空。

「不不不，當然有差！值得驚訝的事或許很少，但這個世界還是需要神明的！」

「不過，田地已經有稻荷神及稻精巡視——」

「可、可是，也有人需要身為智慧之神的祢啊！學問是人類不可分割的一部分！」

「學問……」

久延毘古命低聲說道，富久與謠則露出大事不妙的表情。

「……差使兄，說到學問之神，爾可會想起我？」

面對那雙看不出任何感情的漆黑眼眸，良彥一時語塞。自己應該誠實回答這個問題嗎？

「說、說到學問之神，老實說……我會想到北野天滿宮——」

「差使兄~~！請您識相一點~~~~~~~！」

富久如箭一般飛過來，良彥無暇閃避，臉部接個正着，被祂撞得向後倒。

「果然如此……不過，這麼想並沒有錯。我的『智慧』原本就以農耕、灌溉等與生活必須事務相關者居多，做學問的餘裕，是在衣食無虞之後方能產生，對我而言乃是近來之事。仔細想想，我實在是尊落伍的神明啊。智慧與學問之神的使命，就交給坐鎮於北野天滿宮與太宰府天滿宮的菅原道真，老神還是乖乖退休去吧。」

在隨後跟進的謠踐踏良彥的肚皮之際，久延毘古命眺望著遠方，感慨良多地喃喃說道。沒想到竟會踩到祂的地雷。

「那麼，差使兄，交辦給爾的差事，就定為『協助處理退休前的交接事宜』。」

「不！我們這些當眷屬的絕不同意！差事是『不讓久延毘古命退休』才對！」

富久在極近距離之下望著良彥的雙眼叫道，蓋過久延毘古命的聲音。

「這、這種情況要怎麼辦？」

無法起身的良彥轉過頭來詢問黃金。

「還能怎麼辦？詢問宣之言書即可。」

始終一派冷靜的黃金俯視著良彥，如此回答。

「富久，差使兄是來替我辦差事的。」

「就算如此，也不能同意那樣的差事！」

「祢只是因為力量衰退，稍微失去自信而已。」

在良彥拉過包包拿出宣之言書的期間，神明與其眷屬依然踩在他身上爭論著。良彥努力翻開宣之言書的久延毘古命那一頁，並再次詢問久延毘古命：

「久延毘古命的差事是『想退休』？」

「沒錯。」

然而，宣之言書並未產生任何變化。

「……富久和謠的心願是『不讓祂退休』？」

「沒錯！」

祂們異口同聲地回答。

瞬間，宣之言書一如平時地散發光芒，告知差事已然受理。

「大神的意志好像是站在這一邊的……」

良彥戰戰兢兢地從上了墨的頁面抬起頭來，只見殘破的稻草人在歡欣鼓舞的貓頭鷹與蟾蜍身旁，失落地垂下頭來。

⛩

「久延毘古命！久延毘古命！請看！這些凡人的智慧結晶多麼美妙！」

無論富久和謠打的是什麼算盤，既然大神已經定奪，良彥只能遵從，因此他便開始思索打消久延毘古命退休念頭的方法，但要找到口頭勸說以外的方法並不容易。久延毘古命只能在境內及田地附近走動，看到的都是司空見慣的景色，或許正是祂「不再感動」的原因之一——

得出這番結論的良彥，決定帶祂去看看不曾見過的風景，便用繩子把稻草人綁在背上，離開神社。反正普通人看不見祂，不成問題。

「哦，這是電風扇吧。我在社務所看過，但社務所裡的電風扇有可以製造風的葉片……」

良彥帶著久延毘古命、貓頭鷹和蟾蜍回到自己居住的城市後，直接前往站前的大型家電賣場。就算平時有使用平板電腦的習慣，應該還有很多家電是久延毘古命不曾看過的吧？良彥帶祂前來，想看看有沒有什麼東西能夠引起祂的興趣。

「富久，別靠太近，不然祢的羽毛會被吹得亂七八糟。」

良彥對站在沒有葉片的電風扇前仔細端詳的貓頭鷹說道。比起乖乖待在背上的久延毘古命，這兩隻到處亂跑的眷屬更為棘手。更何況除了祂們以外，還有一隻好奇心旺盛的狐狸。

「良彥，那不就是透過新開發的獨立控制技術控制底部的三個挨欸起（ＩＨ）加熱器，重現火焰的劇烈搖晃狀態，讓米飯在鍋裡跳動的最新型電鍋嗎？」

「比起象印的技術力，現在更讓我驚訝的是祢的記憶力。」

八成是看廣告記住的吧。這傢伙向來見食眼開，非常好懂。

「差使兄、差使兄。」

在反覆播放的宣傳廣播聲中，似乎有道呼喚自己的聲音遠遠傳來。良彥尋找聲音的來源，發現謠居然窩在滾筒式洗衣機裡。

「我找到一個好房間。」

「那不是展示機嗎……快、快出來！不然會被洗！」

良彥趁著女銷售員移開視線之際救出謠，擦了把冷汗。他一時間竟沒想到眷屬們和久延毘古命一樣，都是頭一次看到這麼多家電。

「富久呢……」

良彥把謠放下地板，尋找祂的搭檔。所幸富久一直待在電風扇前，但不知是不是背後吹了風，頭上的羽毛倒豎起來，活像剛睡醒時亂翹的頭髮。

「哎，應該不要緊吧……」

「良彥，那個製麵包機就是可以用米穀粉烤麵包的——」

「我不清楚，大概是吧！」

「順口又麗奇（rich）的滋味……什麼是麗奇？」

「麗滋的親戚。」

狐狸還是老樣子，只對調理家電有興趣。良彥隨口打發黃金，盤起手臂。繼續當這些動物的監護人，可就無暇讓久延毘古命好好見識日本的智慧結晶。

「黃金，富久和謠拜託祢照顧一下。」

良彥如此交代試著回想麗滋是什麼的黃金，在賣場內略微走動。久延毘古命的臉正好從良彥的頭邊探出來，良彥看見的東西祂應該也看得到。

「很無聊嗎？」

良彥一面裝作觀賞牆上大型電視的模樣，一面詢問。

「還是因為差事沒被受理在生氣？」

大型電視的影像比家裡幾年前購買的電視清晰許多，供顧客試看的資訊節目正在報導藝人結婚的消息。

「我並未生氣。生氣有時是種自私的情緒。我知道富久和謠只是捨不得我而已。」

稻草人的聲音近在耳邊，卻看不見彼此的臉。

「可是，像我這樣的老神繼續待在人間，又有什麼意義？」

沒有人間不需要的神明。只不過，隨著力量衰退，自信與記憶跟著減弱的神明，良彥見過不少。富久和謠說久延毘古命只是一時鬼迷心竅，似乎沒有說錯。

「雖然這次受理的差事是『不讓久延毘古命退休』，不過，這不代表祢永遠不能退休。」

影像切換的瞬間，良彥望著映在如鏡子般的畫面上的久延毘古命說道。

「想退休以後隨時可以退休，現在暫緩一下，欣賞人類的智慧結晶吧。祢不能離開境內，應該沒看過平板電腦以外的最新家電、車子或大樓之類的東西吧？啊，不過祢有平板電腦，或許看過影片？」

久延毘古命的神社位於一座小山丘上，附近是一大片幽靜的農田。當然也有住宅和商業設施，但數量搞不好比古墳還少。良彥認為見識新奇的事物，應該能夠勾起祂的好奇心，帶給祂不同的感動。

「平板電腦主要是寫作時才使用。富久偶爾會用社務所裡的Wi-Fi看影片……像這樣用電視的大畫面看到的影像真是魄力十足。」

久延毘古命喃喃說道，在良彥的背上微微轉動腦袋。為了引起祂的興趣，良彥隨便指著一台電視說道：

「祢看，這台電視是8K的，好厲害，影像真漂亮。」

其實良彥不知道8K是什麼意思，只知道影像很美。另外還有4K的電視，他同樣不明白有何不同。

「差使兄，你知道電視的顯像原理嗎？」

「咦……原理……？」

「電視是靠著紅、綠、藍三種顏色的光製造影像。這三種光稱為光的三原色，可以調和出絕大多數的顏色。讓這三種顏色的光由左至右閃爍，高速交叉掃描奇數行與偶數行，就可以顯示出影像。每秒顯示三十張圖片，看在凡人的眼裡，圖片就像是會動一樣。」

「原、原來如此……」

良彥有股不祥的預感，視線暗自飄移。

「接下來是『8K』和『4K』的差別。」

「祢連這個也知道嗎？」

「即是解析度的差別。『8K』是七六八〇×四三二〇畫素的影像，由於橫向解析度大約是八〇〇〇，所以稱為『8K』。『K』是一〇〇〇（1K）之意，八〇〇〇即是『8K』。而『4K』則是……」

「等等！暫停！」

良彥硬生生地打斷沒完沒了的說明。他沒想到會從稻草人口中聽到「解析度」這個字眼。

「……久延毘古命，祢對家電很有研究嗎？」

良彥歪過頭，盡可能看著祂的臉發問，與那雙漆黑依舊的眼眸四目相交。

「差使兄，我確實是尊落伍的神，但依然勤於補充新知，網羅所有現代文明。尤其是進化顯著的家電，我更是天天收集資訊，未曾懈怠。」

久延毘古命的語氣十分平靜，良彥不禁咬緊嘴唇，望向遠方。

「……不過，這些都是上網搜尋就能獲得的知識，即使我知道也幫不上任何忙。」

久延毘古命用自虐的語氣說道。

「人間果然不需要我這尊神明了。」

聽了背上的這道聲音，良彥忍不住抱頭苦惱。看來這份差事比想像中更加棘手。

⛩

當天晚上，由於時間已經太晚，無法送久延毘古命祂們回奈良的神社，因此良彥便直接將眾神帶回家中。誰知稻草人、貓頭鷹、蟾蜍和狐狸竟趁著他洗澡的時候占據他的床鋪，害他必須在這個仍有涼意的時期睡地板。別的先不說，稻草人有必要睡床鋪嗎？良彥蓋著好不容易搶來的毛巾被在地板上躺了沒多久，就被謠地鳴般的打呼聲吵得受不了，悄悄溜出房間。

「神明的耳朵是附帶除噪功能嗎……？」

時間已經過了深夜一點。寧可睡沙發的良彥下到一樓，發現有光線從客廳的玻璃門外洩到走廊上。

「妳還沒睡啊？」

良彥暗想爸媽應該早就睡了，打開門只見小自己四歲的妹妹——晴南，正抱著膝蓋坐在沙發上看電視。客廳裡沒有開燈，只有電視的光線反射在牆壁及天花板上。

「你還不是在熬夜？」

「啊，我是睡不著。」

雖然這個妹妹被黃金稱為凶神惡煞，但其實良彥和她的感情並不差，只不過萩原家向來是女人較為強勢而已。為了掩飾，良彥先去廚房喝杯水。妹妹在這裡，他不能睡沙發，因為會被質疑為何不在自己的房裡睡覺。

「……欸。」

在良彥思索該如何是好時，晴南突然輕聲喚道，但她的臉孔依然朝向播放深夜搞笑節目的電視。

「哥哥是怎麼決定要去哪裡上班的？」

聽到這個意料之外的問題，良彥拿著裝了水的杯子愣在原地。聽說今年春天升上大四的妹妹，已經預先被好幾間企業錄取了。她的成績比只會打棒球的良彥優秀許多，還擔任大學祭的籌辦委員，國中是田徑隊，高中開始打軟式網球，在大學也有參加社團活動。她向來是認定了就勇往直前，良彥原以為她會維持一貫作風，果斷地決定要去哪裡上班。

「……我不是看工作本身，而是看能不能打棒球來挑選，應該沒有參考價值。」

良彥故作平靜，喝光了杯裡剩下的水。饒是凶神惡煞的她，面臨人生的分歧點是否也感到迷惘呢？

「喔，這樣啊，果然是個棒球痴。」

然而，有別於良彥的動搖，晴南的回答相當冷淡。

電視傳來誇張的笑聲。

縮成一團的背部看起來比平時更加瘦小。

「……發生了什麼事嗎？」

良彥把空杯子放進流理台裡，如此詢問。晴南一面轉台，一面懶洋洋地回答：

「沒有啊，只是覺得怪怪的。我從大三就開始做企業研究和自我分析，應徵的企業也錄取我了，可是要問我是不是真的想做那份工作，我自己也不太明白。」

晴南每按一次選台鍵，電視影像就變換一次。天氣預報、購物頻道、綜藝節目、美食節目、動畫、當紅偶像的冠名節目，她對每一台都不滿意，以一定的規律按著選台鍵。

「我覺得我好像只是被逼急了，想隨便找個能夠容納自己的地方而已。要是等到實際開始工作以後才發現不適合自己，那不就太遲了？可是，我又不知道自己真正想做的事是什麼。」

頭一次聽見妹妹說喪氣話，良彥搜索枯腸，尋思著該說什麼。

「如果覺得不適合，換工作就好啦。妳是不是想太多？」

「別說得那麼簡單。千辛萬苦才找到工作又要重新來過，而且是在沒有應屆畢業生光環的狀態下，這在日本是很冒險的事。況且就算找到新工作，不做做看還是不曉得適不適合自己。」

晴南立刻反駁，良彥於是閉上嘴巴。這種時候，還是別跟她爭論為宜。再說，良彥也擔心是進公司不久後就因傷離職、至今仍在當打工族的自己引發了她的不安。或許是自己讓她誤以為一旦做出錯誤的選擇，就再也無法翻身。雖然良彥身負差使的任務，但看在妹妹眼裡，他大概只是個人生充滿挫折的可悲哥哥。

「……雖然我沒有資格說什麼大話，不過，在妳這個年紀就能找到真正想做的工作的人並不多。」

雖然可以透過企業實習體驗志願行業的地方變多了，但不是所有公司都提供這樣的機會。要一個只活了二十二年的人，現在就決定往後六十年的人生，未免太強人所難。再說，因為邁入婚姻或其他人生階段而必須改變環境的時刻一定會到來，所以良彥才認為換工作選取更好的人生也是種選項。

「只不過，就算費盡千辛萬苦得到了夢寐以求的事物，下定決心要珍惜一輩子，也不知道會在哪一天突然失去。」

轉台的手指停下來，電視上映出某座山脈的空拍畫面。

「考量到這一點，我覺得別打安全牌，選擇自己心目中的第一名比較好。至少以我來說，雖然現在不能打棒球了，但是我並不後悔。」

妹妹依然背對著良彥，默默無語地抱著膝蓋。

二

「……全身痠痛……」

上午九點，在自家廚房裡燒開水的良彥搗著腰嘀咕。昨晚，他終究還是回到自己的房裡睡地板，但謠的打呼聲吵得他難以成眠，疲勞完全沒消除，甚至覺得更加疲憊。父母已經去工作了，妹妹剛才也穿著求職套裝出門，不知是要去面試還是參加說明會。妹妹出門前並未提及昨晚的事，因此良彥也不知道她是否已打起精神了。

「哎，這是每個人的必經之路。」

良彥按下電熱水瓶的開關，物色母親買來的麵包。烤片吐司再隨便煎顆蛋，應該就夠了。待家人全都出門後，良彥便去叫醒睡在自己房裡的眾神。黃金去進行每天早上的例行巡視，已然不見蹤影；留下來的富久祂們也醒來了，似乎對電腦很感興趣，正在嘗試開機，自己簡直毫無隱私可言。良彥立刻把久延毘古命和眷屬們帶往客廳，以便監視祂們。

「良彥，替我烤這個當早飯。」

正在檢視吐司保存期限的良彥回過頭來，發現黃金不知幾時間回來了，叼著厚鬆餅粉的袋子坐在地上。

「你回來啦……慢著，那個是哪裡來的？應該不是偷來的吧？」

「少胡說，是你母親買來的。之前我看到她在烤，似乎很好吃。」

莫非這尊狐神掌握了家裡的所有食材？祂乾脆別當方位神，改當糧食庫存管理之神好了。

「哎呀！這是冰箱對吧！昨天在店裡看過！哈哈，裝了好多東西。」

良彥循聲望去，只見富久停在半開的冰箱蔬果室門上窺探裡頭。

「大約是……五五〇公升……」
固定在餐桌和椅子間的久延毘古命喃喃說著冰箱容量。莫非祂其實熱愛家電？
「對了，差使兄。」
聽見富久的聲音，注意力被久延毘古命吸引的良彥轉回視線。富久轉過頭來，用翅膀指著蔬果室說道：
「掉進裡頭的謠說冬天來了。」
「啊？」
良彥連忙確認，只見謠的腦袋栽進高麗菜與白菜之間。雖說是神明的眷屬，但家中冰箱裡插了隻巨大蟾蜍，實在稱不上是什麼美觀的畫面。
「哎呀呀，我險些進入冬眠。」
獲救的謠悠哉地眨了眨眼。
「眷屬也會冬眠嗎……？」
「視心情而定。這麼一提，去年——」
「差使兄，冰箱上面的門也可以打開看看嗎？」
「良彥！快點烤鬆餅！」

家裡什麼時候變成動物園？良彥嘆一口氣關上冰箱，交代動物們別進廚房，一面盯著隔著吧檯窺探的黃金一面烤鬆餅。他不禁懷疑稻草人、貓頭鷹和蟾蜍吃不吃這種東西，但仔細想想，從前某尊鬆餅之神曾說過神明接受的是與獻饌一同獻上的心意，只好請祂們將就一下了。

「……差使兄，爾知道厚鬆餅（Hotcake）和美式鬆餅（Pancake）的差別嗎？」

良彥懶得拿電烤盤出來，便用最大的平底鍋兩片兩片烤，看著他下廚的久延毘古命突然如此詢問。

「厚鬆餅和美式鬆餅的差別……？」

很遺憾，關於這種食物，良彥從來沒想過那麼多。不過這麼一提，他常在電視上聽到大受女性喜愛的美式鬆餅之類的話題，也曾看過美式鬆餅專賣店，對於厚鬆餅卻是家庭早餐或點心的印象居多。

「美式鬆餅的Pan，指的是平底鍋的意思。換句話說，美式鬆餅即是用平底鍋烤成的糕餅總稱，因此厚鬆餅也包含在內。」

如宇宙一般的黑眼珠注視著良彥翻烤鬆餅的手。

「現在差使兄烤的是厚鬆餅粉製成的鬆餅，不過是用平底鍋烤的，因此，我認為那也算是美式鬆餅。然而，有人認為厚鬆餅甜而厚，美式鬆餅則甜味較淡，適合當正餐。差使兄，你的見解是？」

「……老實說，我沒意見。」

「保持中庸之道嗎？這也是真理……」

良彥一面望著若有所悟的久延毘古命，一面烤著不知是厚鬆餅還是美式鬆餅的食物。只要能吃，名稱是什麼不重要。

「真是令人興味盎然的話題啊！我們該來試吃厚鬆餅和美式鬆餅，比較兩者的不同。」

往吧檯探出身子的黃金更加伸長脖子，雙眼閃閃發光。

「祢只是嘴饞而已。」

「絕非如此！視察凡人文化、親身體驗，也是增進了解的重要——」

「知道啦，幫我把奶油從冰箱裡拿出來。」

「我可不是打雜的！」

久延毘古命看著他們一來一往，面露思索之色。

良彥把烤好的數人份厚鬆餅和隨手煎來當配菜的維也納香腸端到餐桌上。用平底鍋烤成的鬆餅大小形狀不一，還有些烤焦，不過至少有熟，應該還能吃吧。盤子一放上桌，黃金便立刻規規矩矩地就座。

「現在才問好像太遲了，但久延毘古命，祢這樣能吃嗎？」

良彥往久延毘古命斜對面的位子坐下，說出這個疑惑。

「差使兄的心意我心領了。感謝爾的獻饌。」

久延毘古命溫和地回答，富久立刻發出抗議之聲。

「不不不，難得差使兄特地下廚，久延毘古命何不一起享用？方位神老爺也要享用吧？」

「可是……」

「是啊！久延毘古命。我也想吃吃看這個厚鬆……麵包。」

主人不吃，眷屬大概也不能吃。聽到兩位眷屬的說詞，久延毘古命無奈地嘆一口氣，撐起夾在桌椅之間的身體，輕輕一跳。然而，再次著地的並非代替腳的木棒，而是與人類相同的兩隻腳。

「我已經很久沒化成這副模樣。」

雖然和稻草人時同樣一身粗布衣，久延毘古命的身形卻化成年約十六、七歲的少年，對良彥投以出奇柔和的笑容。祂從懷裡拿出一條細繩，將及肩的長髮束起，並用略微生硬的動作往椅子坐下來。良彥愣愣地看著祂。祂時常說些艱澀難懂的話，給良彥一種頑固老年人的印象，沒想到外貌竟是如此溫文爾雅。

「祢維持這副模樣不是比較方便嗎……？」

雖然祂說過化成人形依然不能行走，但是至少有雙手可用，能夠自理的事應該比較多。

「從前我常化成這副模樣，但最近總覺得意興闌珊。現在小說也不寫了，待在神社裡，有富久和謠在，維持稻草人的樣子也不成問題。」

久延毘古命聳了聳肩，重新環顧桌上的食物。

「那就開動吧。這要怎麼吃？」

久延毘古命換了副口吻說道，黃金以識途老馬之姿說明：

「怎麼吃都行。可以塗奶油吃，也可以淋這個叫做楓糖漿的玩意兒吃。」

「原來如此。」

給動物吃的鬆餅，良彥已事先切開，好方便祂們食用，不過久延毘古命又用用不慣的叉子替富久和謠切成更小塊。

「良彥，替我淋糖漿。記得要和奶油混在一塊。」

「知道啦，祢的要求很多耶。」

「差使兄！這個叫鬆餅的玩意兒挺好吃的！」

由久延毘古命親手餵食的富久，在餐桌上鼓起羽毛，開心地踏著腳。

「謠，祢也覺得好吃嗎？」

「是，很好吃。」

見到眷屬開心的模樣，久延毘古命終於開動了。祂用生疏的動作塗抹奶油、握住叉子、切成適當的大小，戰戰兢兢地吃了一口之後，猛然瞪大眼睛。

「好甜……又甜又鬆軟……還有點……苦苦的……」

「啊，那是焦掉了。」

「良彥，焦掉的東西怎麼能端給客神吃呢？你自己吃就行了。」

「最焦的部分已經留給我自己了。慢著！那是我的！」

「久延毘古命，也給我吃一口淋了楓糖漿的！」

「我要奶油的。」

有些茫然的久延毘古命這才回過神來，替眷屬們分切柔軟的鬆餅。

⛩

下午，四尊神明隨著良彥一起出門打工。一想到今早亂碰電腦的情況，良彥實在不放心把久延毘古命、貓頭鷹和蟾蜍留在家裡，所以就帶著祂們一起出門。外出的時候，良彥背著依然維持人形的久延毘古命，祂的重量和身為稻草人時並無不同。

這一天，良彥的工作是打掃商業大樓裡的辦公室。原本使用這間辦公室的公司搬遷了，新公司即將入駐，管理公司委託他們清掃。由於只有一層樓，面積也不大，因此被派來的只有一個資深員工、良彥和另一個工讀生。在良彥操作打蠟機替地板打蠟時，動物們一臉新奇地在大樓裡四處閒逛，之後黃金又帶著祂們去物色一樓的餐飲店。不能走動的久延毘古命則是坐在不礙事的地方，迷迷糊糊地看著良彥工作。

「萩原老弟，那個弄完以後可以先去休息了。」

資深員工說道，正在收拾洗淨液的良彥回一聲「知道了」。

所謂的休息其實只有十五分鐘左右，但聊勝於無。良彥把事先買好的罐裝咖啡塞進口袋，背著久延毘古命走向逃生梯。日照挾初夏之威變得越來越強烈，但是吹往陰涼處的風還是有點冷，額頭上冒出的汗全乾了。

「會不會很無聊？」

良彥倚著六樓樓梯間的扶手，手指扣住罐裝咖啡的拉環問道。

「爾揮汗工作的模樣，我全看在眼裡。凡人的勞動著實尊貴。」

久延毘古命站在良彥身旁俯視著街道。祂雖然不能走動，卻能站立，或許是稻草人的特性所致。

「現在的勞動種類雖然多如繁星，不過從前耕田、栽培作物才是凡人最主要的工作，因為不耕田便無以維生。而凡人無以維生，神也就失去存在的意義。不知差使兄知不知道？『百姓』和『民』也可念作『OHMITAKARA』，正如字面所示，為『偉大御寶』之意。我從不認為這個念法過於誇大。百姓永遠是眾神心愛的寶貝。」

「偉大御寶……」

良彥在口中複述。神明對人類的愛遠比良彥所想的還深。可是，如此深愛凡人的神明為何萌生退休之意？

「祢現在還是把人類當成『偉大御寶』嗎？」

「當然……不過，不知凡人是如何看待神明的？」

久延毘古命抬起視線，循著風望向遠方。

「時代改變，凡人的營生、文明和一切也跟著變遷。從前，我被稱為田神與智慧之神，與凡人一起守護生活，然而這樣的時代已經結束了。」

「怎麼會……」

良彥想否定卻又住了口。他覺得自己還沒有足以如此斷言的根據。在智慧之神的面前，空泛的話語起不了任何作用。誰知上方竟有道歌聲傳來，接替了中斷的話頭，良彥不禁苦著臉往上看。

「是謠……」

或許是居高臨下而心情舒暢，謠用依然不安定的音準，高聲唱著剛見面時祂試圖唱的那首〈田歌〉。

「不好，再唱下去會引發電磁干擾。」

「影響力有那麼大啊！」

這是哪門子的破壞裝置？良彥背著久延毘古命，慌慌張張地跑上頂樓。頂樓似乎開放給在這裡工作的人當吸菸區，可以任意進入，良彥趕到的時候，只看見倒在混凝土地上的貓頭鷹、身體不適的狐狸和一臉滿足的蟾蜍。

「哎呀？久延毘古命、差使兄，怎麼了？」

唱完歌的謠察覺他們，將一雙圓眼轉過來。

「謠，隨便唱歌會妨礙凡人的生活。」

「祢又這麼小題大作。不過是唱首歌而已。」

久延毘古命下了良彥的背和謠說話，良彥則是抱起倒在腳邊的貓頭鷹。他從以前就在想，富久是貓頭鷹，或是正是那敏銳的聽覺加重了祂的災難。話說回來，那祂為何能在謠的鼾聲之中呼呼大睡？

「謠，那首歌是什麼時代的曲子？」

黃金安安分分地趴在地上，耳朵像是拒絕接收聲音似地往下垂。聽聞良彥的問題，謠略微思考過後，開口說道：

「是古時候的歌，很久很久以前的。記得是在稻作剛開始發展的時候。」

「久延毘古命還生龍活虎的時候？」

「對、對。當時久延毘古命身為田神和智慧之神，深受凡人愛戴。這首歌久延毘古命也很喜歡呢。」

聽了謠這番話，久延毘古命一瞬間露出五味雜陳的表情。有別於化為稻草人時，化成人形的祂比較容易看出這類細微的表情變化。

「謠，祢能再唱一次那首歌嗎？」

面對良彥突如其來的要求，黃金露出訝異之色，懷中的富久則是突然睜開眼睛。

「差使兄，您是撞到頭了嗎？」

「不，我很清醒。」

「不然是怎麼回事？」

依然垂耳趴在混凝土地上的黃金問道。

「不，也沒什麼特別的理由，只是覺得我對從前的人和當年保佑著他們的久延毘古命一無所知，所以想聽聽當時的歌。能夠流傳到現代，很難能可貴吧？」

說著，良彥望向久延毘古命。

「會引發電磁干擾嗎？」

「……不，只要時間不長，應該沒問題。」

久延毘古命啼笑皆非地聳了聳肩。

「那就容我獻唱一曲。」

謠一臉開心地說道，再度唱起〈田歌〉。

「一二三，爹娘來示範；

四五六，孩子照樣學。

上天庇佑賜恩澤，

歡天喜地樂起舞，

誠心祈求秧苗長。

一二三，仰天齊引吭，

四五六，曾富騰同聲唱。」

帶來絕對不快感的音準唱出的歌曲，直接侵襲良彥的聽覺，引發暈眩。就某種意義而言，這可以當成兵器使用了吧？在這種狀態下初次聽完的〈田歌〉，是由簡樸的歌詞所構成。

「凡人幹活時常唱工作歌，這就是其中一首，有些地方現在還流傳著。沒什麼特別的，只是一首歌而已。」

久延毘古命如此說明。祂的眼神和開朗的歌詞內容正好相反，不知何故，似乎籠罩著一層陰影。

⛩

「祢對久延毘古命有什麼看法？」

當天，再次將久延毘古命等神帶回家中的良彥努力死守富久與謠試圖亂碰的電腦，度過了就寢前的時間。待祂們開始在床上打盹兒之後，良彥便趁機去洗澡。但願祂們就這樣安靜地睡下去。

「什麼意思？」

黃金趴在半蓋的浴缸之上，或許是因為溫度舒適，平時目光銳利的眼睛呈現半閉狀態。

「祂嘴上說想退休，卻又持續補充新知，所以對家電很有研究，也很了解現代文明。可是祂老是說自己落伍、人間不需要祂之類的，未免太自虐了吧？」

白天，不能走動的久延毘古命總是待在身邊，因此良彥找不到機會和黃金討論。不過，或許該等洗完澡以後再說——良彥望著慵懶的黃金，如此暗想。

「不就是因為力量衰退之故嗎？」

「不，這固然是個理由，但應該有更根本的原因吧？拿白天的〈田歌〉來說，謠說久延毘古命也喜歡那首歌，可是一點都看不出來。祂看起來甚至有點難過，對吧？那可是祂稱為『偉大御寶』的寶貝凡人所唱的歌耶。更別說祂自己也是耳熟能詳。」

姑且不論謠的音準，從那首歌的歌詞，可以想像出孩子們跟在忙著幹活的父母身後，整個村落同心協力栽培作物討生活的溫馨情景。然而，對於那首歌，久延毘古命卻沒有任何讚許之詞。

「有時候正是因為耳熟能詳，反而容易感到厭煩。」

「那首歌那麼棒耶。」

黃金的尾巴泡在浴缸裡。水會不會因為毛細現象而被吸上來啊？

「每個人對於歌曲和景色的感受因心境而異。或許現在的久延毘古命已經無法用當年的心境來聽那首歌了。」

「為什麼？」

「思考這個問題是你的工作。」

「說得也是。」

良彥挪動身體，將嘴巴以下的部位浸泡在熱水裡。或許是力量衰退讓祂的心境產生某種變化吧。若能將這種變化復原，祂是否就會打消退休的念頭呢？

「咦？」

洗完澡、替打算就寢的黃金擦乾尾巴以後，良彥來到客廳，發現父母都還沒睡。

「真稀奇，你們還沒睡啊？」

日期已經快變了。雖然明天起就是連假，但父母從事的是與行事曆上的假日無關的行業，所以都得上班。換作平時，這個時間他們早就回房睡覺了。

「晴南還沒回來。」

手肘抵著餐桌的母親嘆一口氣說道。父親坐在客廳的沙發上看報紙，八成也是出於同樣的理由無法成眠。

「六點的時候，她有說要和朋友吃完晚餐以後才回來，可是之後傳訊給她都是已讀不回，打電話給她也不接。良彥，她有聯絡你嗎？」

良彥拿起放在客廳充電的智慧型手機，上頭並沒有顯示新訊息。雖然家裡並未訂定門限，但妹妹平時就算再怎麼晚歸，也是十一點左右就會回家。良彥自己倒是有更加晚歸的記錄。

「哎，距離末班車還有一點時間，她也已經是成年人了，不用那麼擔心吧？說不定是和朋友一起去唱KTV，唱得太開心了。」

「就算是這樣，也該聯絡一聲吧？」

「哎，那倒是。」

良彥突然想起昨晚的狀況。這麼一想，倒是有點擔心起來。

「那我也傳個訊息給她——」

話才說到一半，玄關便傳來開鎖的聲音。母親立刻走出客廳，良彥也隨後跟上，只見晴南正在脫鞋，滿臉通紅、雙眼無神，一走近就聞到一股酒味。

「怎麼這麼晚才回來？傳訊息給妳也不回，害我很擔心。」

雖然鬆一口氣，但母親還是說出為人父母必須要說的話。晴南避開母親的視線回答：

「我喝醉了，沒辦法打簡訊。」

「妳可以打電話啊！」

「人家在唱ＫＴＶ嘛！」

「打通電話花不了妳三分鐘。」

「是、是，下次我會注意的～」

晴南的心情似乎不太好，焦躁地撂下這句話之後，便立刻回去自己的房間。

「等等，晴南！」

「算了、算了，跟喝醉酒的人講什麼都沒用。她平安到家了就好。」

良彥勸阻想要追上去的母親。事實上，妹妹並不好酒，醉成那樣回家是很罕見的事。莫非是藉酒澆愁？

「今天已經很晚了，明天再問個清楚吧。」

來到走廊上的父親如此說道，母親終於冷靜下來，深深吁一口氣回答「好吧」，回到了客廳。她們母女倆的感情並不差，甚至比一般母女來得好，應該不至於產生太大的爭執；即使大吵一架，事情解決以後又會和好如初，這是家中女人的特性。

「爸。」

良彥小聲叫住前往寢室的父親。

「你剛才報紙拿反了。」

「……晚安。」

父親一語帶過，上了二樓。他看起來泰然自若，但或許內心也是大為動搖。

待父母回到寢室以後，晴南來到客廳。她連瞧也沒瞧看電視的良彥一眼，粗魯地打開冰箱喝水。不知是不是肚子餓了，她用冰箱裡的冷飯做了碗茶泡飯，就這麼站著扒飯。

「……幹嘛不坐下來吃？」

良彥看不下去地說道，換來的是「囉唆」兩個字。

「明天九點要打工，因為是假日不能請假，我得快點洗完澡上床睡覺。」

「那就別這麼晚回來啊。還有，在那種狀態下洗澡會死人的，妳明天早上再沖個澡就好

了。」

「不要。好噁心，我睡不著。」

晴南堅持己見，繼續動筷。良彥不知道該不該在這種狀況下說這句話，略微遲疑過後還是說了。

「還有，妳要煩惱是妳的自由，但是別讓爸媽太擔心。」

「輪不到你來說我！」

「說得也是。」

聽見意料之中的回答，良彥立刻舉白旗投降。自己的確沒有資格對她說教。

「我會這麼煩惱，還不是因為哥哥叫我選自己心目中的第一名！我不知道哪個是第一名，所以才煩惱啊！」

在一陣火爆的怒吼之後，晴南把碗塞進洗碗桶，走出客廳。聽著浴室門關上的聲音，良彥無奈地嘆一口氣。

「我是不是太多嘴了……？」

良彥倚著沙發仰望天花板。或許什麼都不說，對她反而比較有幫助。

「發生了什麼事嗎？」

確認妹妹平安無事地出了浴室以後，良彥才回到自己房間。他盡可能輕聲開門，只見動物們全都呼呼大睡，唯有久延毘古命坐在床上迎接自己。

「抱歉，吵到祢了？」

「無須道歉，我只是略感好奇而已。令妹似乎動了怒氣？」

「該說是動怒嗎……她是在生自己的氣。」

良彥抱著椅背坐下來。今晚的謠彷彿懂得看氣氛，打呼聲沒有那麼響。

「現在是必須決定大學畢業以後要去哪家公司上班的時期，我妹正為了這件事煩惱。她和我不一樣，成績很好，人緣也很好，已經被好幾家公司錄取，就是拿不定主意要去哪一家。」

「真是奢侈的煩惱啊。」

久延毘古命靜靜地苦笑。

「明明選錯了還是可以重新來過，她大概是不想失敗吧。而且，雖然大多數的事情她都能做得比一般人要好，可是她沒有特別執著或沉迷的事物，所以更加無法捨棄其他選項。」

要是捨棄的選項裡有自己真正想做的事該怎麼辦？她八成懷抱著這種不安。

「……知識與智慧表面上看來像是越多越好，其實越多往往也越迷惘，容易疑神疑鬼，懷

疑是否有更好的方法。令妹是太過聰明了。」

為了避免吵醒富久祂們，久延毘古命盡可能壓低聲音說道。

「有道理。再說，現在和只靠種田、打獵維生的時代不同，選項變多，煩惱也跟著變多。就這層意義而言，技術越發達，搞不好人類就越煩惱。有時候，明明要多方體驗才能找到真正想做的事……」

在現代社會裡，能夠從事真正想做的工作的人反而是少數。為了生活，往往必須把賺錢擺在第一位。

「啊，說到煩惱，我也在煩惱入學賀禮……」

良彥突然想起這件事，如此嘀咕。

「入學賀禮？」

「我正在煩惱該挑什麼當禮物……哎，這等到差事解決以後再找祢商量好了。」

良彥面露苦笑，結束了這個話題。

「比起這個，身為智慧之神的祢有沒有什麼建議可以提供給我妹妹？」

不成材的哥哥提供的建議，搞不好只會更加激怒妹妹而已。良彥打趣地問道，久延毘古命笑了，手撫著下巴沉吟：

「這個嘛……要一個聰明人變成一個大而化之的傻蛋，或許很難。既然如此，只能好好跟自己的心靈交談，好好思索。時候一到，結論便會不求自得，事情也會跟著水到渠成。」

可以打破妹妹目前困境的特效藥並不存在。久延毘古命所說的是再正確不過的道理，到頭來，這才是最好的方法。

「……久延毘古命，祢的退休結論也是不求自得的嗎？」

良彥抱緊椅背問道。面對這個突如其來的問題，久延毘古命有些困惑地眨了眨眼，歪起嘴唇。

「老實說，我猶疑了許久，現在也仍在猶疑。」

久延毘古命垂眼看著自己的手邊。

「或許我也是太過聰明。有時候會忍不住疑心是否還有我不知道的事物？倘若我就此升天，豈不是永遠無從得知？若是知道了，也許這顆麻木的心便會開始躍動，灰暗的天空也會放晴——」

說到這兒，久延毘古命突然打住。

「……哎，終究只是夢想罷了。」

久延毘古命搖了搖頭，示意良彥別放在心上，又將視線移向沉睡的富久等眷屬。

「好，夜深了，是凡人該休息的時候。」

久延毘古命直接挪開枕頭底下的富久和謠，騰出空間給良彥睡覺。不知是不是平時已經習慣，兩尊眷屬雖然被挪動卻依然熟睡著。多虧久延毘古命坐在正中央，黃金今晚是縮在邊緣睡覺。

「昨晚霸占了你的床鋪，真是過意不去。今晚好好休息吧。」

「可是祢呢……啊，等等，我去樓下拿坐墊上來——」

「我坐椅子就行。其實我站著也能睡，因為我是稻草人啊。」

久延毘古命打趣道，一人一神低聲笑了起來。

⛩

「一二三，爹娘來示範……四五六，孩子照樣學……」

在良彥也沉沉睡去之後，久延毘古命坐在椅子上，稍微拉開窗簾，眺望夜空。再過一個小時就天亮了，東方的天空開始泛魚肚白，漆黑的夜幕逐漸往西方拉開。

「上天庇佑賜恩澤，歡天喜地樂起舞，誠心祈求秧苗長……」

久延毘古命輕聲唱出自己從前也曾唱過的那首歌。當年，和凡人一同歌唱，給了祂融入圈子之中的感覺。祂緩緩握緊自己的雙手。上次化為人形是多久以前的事？彷彿是很久很久以前。因為祂不願化為人形，結果連小說也不寫了。

繼續當個不能行走的無能稻草人就夠了。

這種自卑的念頭是什麼時候開始萌生的？

「逐漸腐朽的稻草人就繼續腐朽下去吧。這樣就夠了。」

久延毘古命停止歌唱，喃喃說道。

「反正也沒有用處──」

祂將細語寄託於即將離去的黑夜，撫摸自己的膝蓋。

翻了個身的良彥微微睜開眼睛，但男神並未察覺。

三

隔天早上，在鬆餅之神不容分說的神諭之下，良彥又開始攪拌鬆餅粉。那尊狐神只要一迷

上就會連吃好幾天，大概還得烤上三天鬆餅吧。客廳裡，富久正湊在電視機跟前看資訊節目，謠則在沙發上睡回籠覺。在良彥用小火加熱平底鍋、準備開始烤鬆餅的時候，他的智慧型手機響了。

「啊，好快，已經打電話來啦？」

今早起床以後，良彥突然靈光一閃，向某人（暫稱）洽詢某件事，這通電話大概就是答覆。良彥呼喚坐在餐桌椅子上的久延毘古命，將祂扛到瓦斯爐前，並順勢把裝著麵糊的碗公遞給祂。

「我去接一下電話，祢替我烤。」

「我、我嗎？」

「祢昨天看過我是怎麼烤的吧？」

「看是看過，可是……」

「其他神不是只有肉趾或翅膀，就是手不夠長，沒辦法烤。別擔心，很簡單的，而且那隻金黃色狐狸會給祢建議。」

「嗯，要等到泡泡冒出來以後才能翻面。」

良彥留下困惑的久延毘古命，走到一旁接聽電話。當他回到廚房時，看見的是貓頭鷹與蟾蜍在吧檯前屏息觀望，以及狐狸注視著麵糊緩緩倒入平底鍋裡的模樣。

「差、差使兄，我照著昨天看到的方式倒麵糊，可是兩個黏在一塊。」

「哦，沒關係、沒關係，像這樣切開來就行。」

良彥用鍋鏟硬生生地分開麵糊後，再度遞給久延毘古命。

「既然開始做了，就把它完成吧。今天的早餐由久延毘古命當班。」

「當、當班？」

「久延毘古命，火開大一點，應該烤得比較快吧？」

「啊，香味跑出來了。肚子好餓。」

在富久和謠七嘴八舌之際，持續關注麵糊狀態的黃金突然叫道：

「就是現在！快翻面！」

聞言，久延毘古命身子一震，慌慌張張地將鍋鏟插進麵糊底下。然而，不知是不是因為忘記放油，麵糊黏在鍋底分不開。祂使勁剝開，好不容易把麵糊鏟起來，但這會兒要翻面可就需要一點勇氣。久延毘古命握著鍋鏟，手臂循著一定的規律上下擺動幾次，沒在鍋鏟上的麵糊邊緣卻在這時候因為重量而逐漸往下垂。

「差、差使兄！」

「一口氣翻過去就行了。」

良彥扶著久延毘古命的右手，口數到三，合力將鬆餅翻面。翻面時，麵糊撞到了平底鍋的側邊，變得有些歪斜。

「好，這個也要。」

在良彥的催促下，久延毘古命將另一個麵糊翻了面。翻面途中，麵糊裂成兩半，祂想黏回去，結果形狀反而變得更加歪七扭八。

之後，久延毘古命在反覆試誤之下烤了八片鬆餅，中途曾因聽從富久的建議加強火力而烤出外焦內不熟的鬆餅，後來又因為火力調得太弱而烤不熟，只有最後兩片鬆餅比較像樣。

「太感動了！竟然有幸品嘗久延毘古命初次下廚做的料理！」

富久看著用微波爐重新加熱烤熟的鬆餅，喜孜孜地踏步。

「哎呀呀，當了這麼久的眷屬，沒想到會有這麼一天。」

謠也一面拉過楓糖漿瓶，一面欣喜地瞇起眼睛。

「烤得亂七八糟……」

至於久延毘古命，則像是剛做完粗重的工作，有些疲倦地坐在椅子上。

「並不是火開越大就烤得越快，沒放油會黏在一塊，這些道理我明明都懂……」

「哎，第一次下廚，這樣很正常啦。」

良彥將烤得最好的鬆餅放到久延毘古命面前。

「還沒完呢。吃完以後把盤子和平底鍋洗一洗，我要去晾衣服。」

「洗……？」

「對，待會兒要出門，動作越快越好。開動了！」

良彥雙手合十，開始吃起鬆餅，久延毘古命也連忙跟著合掌，同時感慨良多地凝視著自己頭一次烤的鬆餅。

「良彥，你在打什麼主意？」

吃完早餐，良彥簡單地教導久延毘古命清洗碗盤鍋具的方法之後，便去拿洗衣機裡洗好的衣物。

「為何這樣使喚久延毘古命？」

隨後跟來的黃金邊留意廚房，邊低聲問道。

「使喚……別說得這麼難聽嘛。」

良彥一面把沉甸甸的潮濕衣物塞進洗衣籃，一面投以啼笑皆非的視線。

「我是故意的。多讓久延毘古命嘗試各種事物比較好，祂欠缺的就是這個。」

良彥想起昨晚看著尚未天明的夜空喃喃自語的久延毘古命。

「就算有智慧、有知識，還是有不懂的事。」

廚房傳來打破東西的聲音，黃金的耳朵猛然一震，良彥則是面露果然不出所料的苦笑，走向廚房。

⛩

「讓您久等了，萩原先生對吧？」

雖然京都市內幾乎完全化為觀光地，但是郊區依然有農田存在，現在正好是插秧的時期。依品種與地區不同，有些農園會在五月連假期間舉辦親子插秧體驗活動。

「正好有家庭取消預約，您幫了我們大忙。」

「不，當天才突然聯絡，我覺得很不好意思。」

「不不不，沒關係。稻本先生一直很關照我們——」

這座「市民農園　康健田」占地約和小學操場差不多大，規劃成幾片農田，對外出租。其中一角有兩片正待插秧的水田，幾組家庭聚在一起穿長靴進行準備。迎接良彥一行人的管理人米田，年約三十五、六歲，是持有田地的農家，也加盟了ＪＡ。

「良彥……他說的稻本該不會是……」

「ＪＡ的稻本先生。」

「你！我說過幾次了！別把神明當成打雜的——」

「等等，冷靜下來！我是向ＪＡ的稻本先生洽詢京都有沒有可以體驗插秧的地方，並不是向稻精洽詢！」

良彥連忙安撫憤慨的黃金。調整磁場讓凡人也可以看見自己的久延毘古命，呆若木雞地站在一旁，貓頭鷹和蟾蜍分別坐在祂的肩膀上。祂換掉破破爛爛的衣服，向良彥借運動服與布鞋來穿，穿起來意外合身。由於先前提過久延毘古命在神社境內、田裡和田間小路能夠行走，良彥試著在田地前的小路上放祂下來，而祂也駕輕就熟地用自己的雙腳走來這裡。

「差使兄，這是……」

脖子上披著毛巾的久延毘古命一頭霧水，啞然問道。

「插秧。」

「插秧……」

「沒錯，待會兒大家要一起插秧。」

良彥替久延毘古命捲起運動服的褲管，仰望祂說道。

「祢插過秧嗎？」

說來正巧，天空一片晴朗。

水田反射著初夏的日光。

「——沒有。」

久延毘古命如此回答。祂的臉龐在陽光照耀下，散發出良彥從未見過的光芒。

米田講解完插秧的注意事項及方法之後，便開始分配稻苗給各個小組。為了替初學者訂立標竿，頭三列是由米田親自動手插秧，久延毘古命也跟著其他小孩一起專心觀察。到了實踐階段，有的人選擇穿長靴，有的人則是選擇赤腳下田，久延毘古命毫不遲疑地赤腳踏入水田中。

「等、等一下，久延毘古命！」

作陪的良彥被泥巴絆了腳，險些跌倒。見狀，久延毘古命伸出了手。

「慢慢走，太過用力會被泥巴絆倒。」

「祢是頭一次插秧吧？」

「沒錯，但我平時都是插在田裡，所以很習慣泥土……只不過，感覺和只有一隻腳的時候不太一樣，有點不可思議。」

良彥小心翼翼地在田裡行走。記得小學的時候也體驗過插秧，但無論是腳底抓著泥巴的觸感或是暖和的水溫，當時的事他幾乎都忘光了。小孩很快地抓到訣竅四處走動，穿著長靴的大人反而有好幾人跌跤。

「一次拿三、四根稻苗，用拇指、食指和中指夾著，插入泥土中……」

看見大人們渾身泥巴的慘狀，良彥面露苦笑，身旁的久延毘古命則是複述著剛才米田傳授的方式，默默地與稻苗相對。祂當然具備插秧的知識，但真的動手實踐時，卻連分撮稻苗都慢手慢腳的。

「啊，再插深一點比較好。」

四處巡視的米田走過來，把久延毘古命插好的稻苗往更深處重新插了一遍。

「大概這麼深，不然之後會浮起來。」

「是，感謝您的指導。」

「不用這麼拘謹。」

米田靦腆地笑了，走向與父親反覆試誤的小孩。

「仔細想想，現在有機器可用，不過從前的人都是用手插秧的。」

良彥也跟著久延毘古命一起插秧。黃金和富久在田間小路上替久延毘古命加油，謠滾了下來，渾身都是泥巴，不過祂是蟾蜍，應該不必擔心。

「……從前是直接在田裡播種。先在別處發芽，長到一定程度以後再拿來插秧，可是最近才開始的耕種方式。」

「是嗎？」

「即使如此，這依然是『偉大御寶』的營生之一。」

一陣風吹過，在水田掀起漣漪。

此時，在良彥他們身邊插秧的小女孩被泥巴絆了腳，反射性地用雙手撐著田地，泥水濺到她的臉上，嚇得她連忙把手拔出來，這回卻又往後栽了個跟斗。

「糟糕～！」

周圍發出竊笑聲，身旁的母親扶了她一把。小女孩參加這個活動前已經做好弄髒衣服的心理準備，看見自己渾身泥巴的模樣也是笑個不停。

「妳沒事吧？」

久延毘古命問道，小女孩笑著表示不要緊。

「上次也跌倒，這次又跌倒了。」
「妳以前也插過秧？」
「對啊，在爺爺家。今年我也要去幫忙，現在是『預演』。」

一二三，爹娘來示範；
四五六，孩子照樣學。

「那就和我一起練習吧。今天是我頭一次插秧，妳教教我。」
「好啊。」

上天庇佑賜恩澤，
歡天喜地樂起舞，
誠心祈求秧苗長。

一二三，仰天齊引吭——

把手上的稻苗插完之後，良彥捶著彎了許久的腰，環顧水田，視線正好和同樣搗著腰、臉頰上沾了泥巴的久延毘古命對上，雙方都不禁噗哧笑了出來。

⛩

小小的兩片田地只花了一個小時左右就插完秧，在眾人各自收拾、清洗手腳上的泥巴時，米田端出冰涼的麥茶和飯糰。飯糰似乎是用這座農園採收的稻米所製成的，米田不忘順便宣傳：「我們也有舉辦割稻體驗活動，歡迎秋天再度光臨。」

「沒想到會被找來插秧……」

在與親子遊客隔了段距離的地方，久延毘古命把剛清洗過的腳攤在田間小路上，虛脫無力地縮著背。

「長年以來，我一直守著農田，插秧卻是頭一次經驗。」

「哎，智慧之神本來就不是做勞力工作的嘛。」

良彥把米田提供的飯糰和裝在紙杯裡的麥茶遞給久延毘古命，並在祂的身邊坐下來。

久延毘古命小心翼翼地用雙手接過以保鮮膜裹住的飯糰。
「鬆餅好吃嗎？」
「嗯，很甜。」
「試烤的感想如何？」
「很難，火候是關鍵。」
「祢在洗碗的時候還把盤子打破了。」
「對不住，我沒料到洗碗精那麼滑。」
久延毘古命接過麥茶，喝了一口。
「……我這才知道，插完秧之後的冰麥茶如此可口。」
舒爽的風搖晃著剛種下的幼苗。
「世上果然還有祢不知道的事吧？」
良彥詢問，久延毘古命笑著點了點頭。
「嗯，我不知道這種『感情』。」
在腦中完結的事物縱然能化為知識累積下來，也成不了經驗。唯有實際經歷，才能體會隨之而來的興奮或驚奇。

「不過，差使兄，已經夠了。若是要讓我體驗所有事物，那可沒完沒了。」

久延毘古命帶著神清氣爽的表情，苦笑說道。良彥停下拆開飯糰保鮮膜的手，搜索著言詞開口：

「老實說，今天帶祢來這裡，不只是為了這一點。」

黃金、富久和謠在另一頭的田間小路上四處遊走，偷看親子遊客帶來的便當。許多家庭似乎知道會供應飯糰，只帶了配菜來。

「祢說祢想退休是為了讓後進出頭、已經不再感動，還說了很多理由，但最大的原因，其實是受夠了徒有知識卻無法行動的自己吧？」

睜大的眼睛凝視著良彥。

「所以祢覺得自己沒有用。」

昨晚，良彥偷偷看著口哼〈田歌〉的久延毘古命，產生了這個想法。

莫非祂是想成為其中的一分子？

雖然被奉為神明，擁有無窮無盡的智慧，但或許祂要的其實是和哼歌過日子的凡人互相交流。

「自己不能走路，能做的事不多，無法分擔凡人的辛勞——其實祢根本不必這麼想。」

久延毘古命別過了眼，咬緊牙根，拿著飯糰的雙手不知不覺間使上力。

「……經歷漫長的時代，人間發生了許多事——飢荒、戰爭、天災……在這些時候，我一直以智慧之神與田神的身分陪伴著凡人，但是在某個時刻，我突然感到不安……只能杵在原地的我，豈能了解凡人的辛苦？」

這樣的神明有什麼用處？

一句「御寶」，就以為自己明白什麼嗎？

自己根本沒有這種資格——

——既然如此，不如就此腐朽吧。

「這是什麼話？久延毘古命！」

嗓門依然宏亮的貓頭鷹插進良彥與久延毘古命的對話。

「因為有祢，凡人的田地才能豐收！請看！這片美麗又整齊的水田！如果沒有祢，就沒有這樣的未來！」

富久毫不客氣地逼近久延毘古命。不知何故，祂不是用飛的，而是沿著田間小路跑來。

「只能杵在原地？這就足夠了！凡人就是對於祢那不畏寒暑、挺然而立的模樣抱持著畏懼與敬意！」

「富久……」

久延毘古命懾於矮小眷屬的魄力，上身不禁往後仰，皺起了臉龐。

「久延毘古命，唱那首歌給我聽吧。」

面對良彥突如其來的要求，男神驚訝地眨了眨眼。

「差使兄，我可以代——」

「啊，謠就免了。」

良彥伸手摀住正要開口高歌的蟾蜍嘴巴。

「讓我聽聽久延毘古命記憶中的〈田歌〉吧。沒走音的。」

久延毘古命與良彥四目相交，視線略微遲疑地飄移。不久，祂將手中的飯糰遞給良彥，下定決心站起來，並在原地輕輕一跳，從運動服裝扮變為平時的骯髒布衣模樣。

「一二三，爹娘來示範；

四五六，孩子照樣學。

上天庇佑賜恩澤，
歡天喜地樂起舞，
誠心祈求秧苗長。
一二三，仰天齊引吭，
四五六，曾富騰同聲唱。」

雖然在場眾人聽不見祂以神明之姿唱出的歌曲，卻有一陣和風代替歌聲輕撫人們的臉頰。有的人仰望天空，有的人張開雙手享受這陣舒爽的風，小孩則嬉笑著在風中奔跑。

「我查過了，『曾富騰』是稻草人的古語，對吧？」

良彥來到久延毘古命的身旁問道。

「從前祢不也和凡人一起唱歌、分工合作嗎？以後繼續保持下去就行了。」

神與人都有自己的使命。

截長補短，相互扶持。

「傳授人類生活的智慧，保佑他們。這就是久延毘古命這個稻草人的使命吧？祢要把一切都交給後輩嗎？」

久延毘古命流著拭不盡的淚水笑道：

「退休要延期到很久以後了。我想參與凡人的生活，與凡人共賞新世界。而且，我還想認識更多新的感情。」

久延毘古命凝視著自己第一次種下稻苗的雙手，又把視線移向空中。

「——啊！天空……與凡人一起生活的天空果然美麗！」

祂的吶喊乘著清風飛到了遠方。

⛩

打消退休念頭的久延毘古命回到神社，今晚良彥終於可以好好放鬆一下。宣之言書上蓋了久延毘古命的朱印。象徵久延毘古命的稻草人朱印旁邊還有富久和謠的手印，教人一看便忍不住發笑。

「這麼一提，我想起來了。」

洗完澡後，良彥坐在沙發上咕嚕咕嚕地喝水，黃金突然把鼻頭轉向他。

「你在家電賣場說的『麗滋』，不就是餅乾嗎？記得可以用來開派對。」

「……祢還在想那件事啊？」

「麗滋和麗奇是親戚，是什麼意思？」

「啊，就是……」

良彥不好意思說他當時是隨口胡謅的，正在尋找藉口時，突然傳來有人下樓的聲音。不久後，妹妹打開客廳的門，但她一臉尷尬地瞥了良彥一眼，便立刻走向廚房。從今天傍晚回家時的情況看來，妹妹和母親似乎和好了，不過良彥並未追問詳情。

「……欸！」

在良彥帶著還在嚷嚷麗滋的黃金走出客廳時，妹妹露出一副難以啟齒的表情，開口說道：

「昨晚……對不起。」

聽見凶神惡煞的道歉，良彥不禁驚訝地停下腳步，暗想明天是否會下紅雨。

「我太焦慮了，拿你出氣。我也跟爸媽道過歉了。」

「……嗯。」

良彥不知該說什麼，只能如此回答。

「說穿了，我只是很羨慕哥哥而已。你從小就對棒球死心塌地，雖然第一輪就落敗但至少進過甲子園，還加入企業球隊。我一直很羨慕你這種堅定不移的精神。」

聽聞她這番出人意表的真心話，良彥忍不住眨了眨眼。關於棒球，妹妹從來沒有說過什麼；良彥打進甲子園的時候，甚至是膝蓋受傷的時候，妹妹都表現得與平時無異。

「因為我自己不是這樣，所以很嫉妒你。雖然我的課業和運動都不錯，卻沒有任何嗜好或專長，也沒有情有獨鍾的事物。被企業錄取的時候，明明可以當成是對我的肯定，卻反而失去自信，很蠢吧？」

晴南從冰箱裡拿出柳橙汁，倒進杯子裡，露出自嘲的笑容。

「……好好跟自己的心靈交談，好好思索。時候一到，結論便會不求自得，事情也會跟著水到渠成……智慧之神是這麼說的。」

良彥轉述久延毘古命的一番話，晴南露出苦笑說：「什麼跟什麼啊？」

「還有，微不足道的打工族沒什麼好羨慕的，來自父母跟社會的壓力已經夠大了。沒有棒球，妳以為我還有什麼？」

良彥大模大樣地聳了聳肩，繼續說道：

「以妳的本事，要做什麼都沒問題。」

聽到這句話，妹妹在吧檯另一頭瞪大了眼睛。

然後，那緊緊抿起的嘴唇隨即又像平時一樣張開。

「那當然。」

妹妹自信滿滿地說道，露出了笑容。

⛩

隔天，良彥打工完後，在回家路上去了超市一趟，購買黃金向他索討的那款餅乾。祂說這是為了懲罰良彥隨口胡謅敷衍祂，但良彥實在無法接受。早知如此，不如跟祂說麗滋是間華麗奇特的大飯店算了。

「電視上說那種餅乾可以夾著起司或火腿一起吃，還說要邀朋友一起品嘗。」

「……祢該不會要在我家開麗滋派對吧？」

「如果你堅持的話，我可以勉為其難開一下。」

「我從來沒有堅持過。」

在他們一面交談一面等紅燈時，一輛紅色敞篷車颯爽地駛過他們眼前。良彥覺得那輛車有點眼熟，視線不禁追了上去。只見敞篷車減慢速度，往路肩停靠，副駕駛座上的男人回過頭來，向他們揮手。

「咦……久延毘古命……？」

良彥還以為自己看錯，揉了好幾下眼睛，但似乎是現實。他連忙奔向車邊。究竟是怎麼一回事？

「咦？怎、怎麼回事？這輛車是——」

良彥一陣混亂，正要開口詢問，見到駕駛座上從容不迫地握著方向盤的美女之後，便打住了話頭。

「好久不見，良彥。我很中意上次那輛出租車，所以這次又租了同一款車。全國連鎖店真是方便啊。」

身穿粗呢套裝的女神撩起長長的捲髮，如此笑道。

「須、須勢理毘賣？」

「久延毘古命拜託我教祂開車，現在正在實地演練。祂說祂不能走路，如果可以開車就方便多了。」

聞言，良彥五味雜陳地閉上嘴巴。為什麼偏偏找上須勢理毘賣？適合這尊女神的場所明明是賽車場。

「聽說你今天也要打工，我想你應該快回家了，就請須勢理毘賣在這附近繞一繞。」

富久與謠坐在後座，不過瞧祂們安安分分地繫緊安全帶的模樣，八成是感受到了生命危險。話說回來，以祂們的體型，這種安全帶有效果嗎？

「找我有事嗎？」

「對，我想起爾還沒問我。」

「還沒問祢？」

「待差事結束以後，要與我商量的那件事。」

經祂這麼一說，良彥才想起入學賀禮的事。

「這麼一提，我忘了問。」

「良彥……你居然真的問久延毘古命……」

黃金投以不悅的視線，良彥視若無睹。他只顧著辦差事，完全忘得一乾二淨。

「入學賀禮是要送給穗乃香的吧？原來你還沒送啊。好，我也來幫你出主意！」

須勢理毘賣從駕駛座上探出身子，自告奮勇幫忙。

「不，可是，跟神明商量這種事好像不太好……」

良彥有種不祥的預感，慢慢地遠離車子。

「無妨，一起想辦法吧。我也想看看凡人是怎麼挑選入學賀禮。多虧差使兄，我找到了許多想做的事。除了開車以外，我還想學騎腳踏車，也又開始寫小說。想做的事情太多，因此感到暈頭轉向。」

久延毘古命露出為難的笑容。祂的表情宛若萬里無雲的初夏天空，讓良彥感到十分耀眼。

「打鐵趁熱，去逛各大百貨公司吧！良彥，快上車！」

良彥被須勢理毘賣抓住手臂，就這麼一頭栽進後座。

「先去高島屋！」

「須勢理毘賣，有勞了。」

「安全駕駛！拜託安全駕——啊啊啊啊！」

戴上墨鏡的須勢理毘賣一面壓輪胎一面轉動方向盤。在後座上緊緊抱著動物們的良彥無力反抗，只能乖乖踏上恐怖的兜風之旅。

要點

神明講座 1

## 除了久延毘古命以外，還有其他田神嗎？

每到春天，山神就會下山來到家裡或村子裡，化為田神，保佑稻子成長，帶來豐收；稻作收成以後，又會回到山上，變為山神——這樣的民間信仰在全國各地都有。流傳於能登地方的民俗活動「饗祭」，即是將眼盲的田神迎入家中，宛若神明就在眼前似地伺候祂吃飯、入浴，祈禱明年也能豐收，再送祂離去的活動。依地區不同，有的地方將田神稱為作神、農神、百姓神或野神等等。從信仰之多，也可重新認識到農耕對於人們是多麼重要。

《古事記》中有久延毘古命的名字，
代表稻草人從奈良時代就已經存在。
如今稻草人依然佇立於農田中，
這樣的景色真是令人感慨良多啊。

二尊　蕣・大和屋金長傳

一

前往江戶的船差不多該經由大阪回港了。狸貓一面感受著土倉旁洞穴裡的潮濕氣味，一面如此暗想。由於平地稀少，阿波國的稻米收穫量不多，是靠著賣鹽與藍染獲利，以從他國採購肥料與白米。掌管這門生意的是貨船盤商大岡家，他們住在這一帶最大的宅院裡。聽說大岡家在江戶也有宅院，想來是賺了不少錢。這個臨海的小松島坐擁良港，船隻若行駛紀伊水道，不日即可抵達大阪或京都；往東則可達江戶，經瀨戶內海可達九州與山陰北陸等地，立地良好，利於拓展全國市場——這些事是狸貓聽人類說話的時候，不知不覺間記起來的。

「這麼一提，少爺，這次說要拿去大阪賣的布料怎麼樣？已經試染了幾匹吧？」

狸貓用比人類敏銳數倍的聽覺，漫不經心地聽著店裡的對話。發問的是萬吉，今年滿二十歲的他自小就在這家「大和屋」工作。大和屋是染坊，由於專賣藍染，又被稱為紺屋。在阿波，大多是將夏季採收的蓼藍葉發酵、乾燥，搗揉成「藍玉」之後，再經由海路銷售。大和屋除了製作藍玉以外，也自行染布販賣。從布料到手巾，種類繁多。

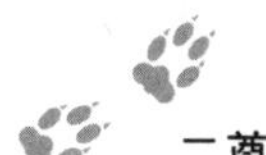


「哦，那個啊，長谷川老爺子說顏色他不中意，要重染。」

回答的是店主茂右衛門。他現在八成正抽著愛用的菸管，有股微微的菸草味。

「不中意？肯定又是那種只有長谷老看得出來的微妙差異吧？這個月已經是第三次了。」

「他說分辨這種微妙的差異，正是布匠的職責。」

茂右衛門的苦笑聲傳來。長谷川是從茂右衛門的父親那一代便支持著這家「大和屋」的老練布匠。隨著父親退休而不再染布、專心經營店面的茂右衛門，也得敬長谷川三分。

「我知道他有身為布匠的堅持，但布料和染料可不是免費的啊。尤其這個月剛換了兩個桶子，花了不少錢。別的不說，那些布匠喝酒跟喝水一樣，已經喝掉上百文錢啦。啊，還有，夫人說她買了新梳子慰勞自己，從帳房裡拿走五錢銀子。」

聽了帳房萬吉這番毫不容情的報告，茂右衛門連連咳嗽幾聲。

「哎呀呀，我們養了個精明能幹的帳房啊。」

茂右衛門似乎彈了下菸灰，發出管柄敲擊竹筒的聲音。同時，一陣熟悉的腳步聲橫越正門前的馬路，走進店裡。

「唷，還是一樣闊氣啊。」

來者是個年約三十二、三歲的男人。有別於額頂剃得乾乾淨淨、挽了個銀杏髻的茂右衛門，男人並未剃髮，只是挽了個髻。他說他懶得三天兩頭跑一次理髮店，其實十之八九是捨不得花錢。現在也一樣，他每個禮拜都會來店裡兩、三次，吃過飯以後才離開。

「怎麼？伊平，又沒錢啦？」

「是啊。把賒的帳清光以後就口袋空空。」

「誰教你每次都要積欠那麼多。」

茂右衛門的兒時玩伴伊平，今天八成也是邋裡邋遢地穿著奇特的格紋和服，掀起衣襬坐在門口吧。他看起來像個遊手好閒的浪蕩子，其實是個通俗小說家，視曲亭馬琴為楷模，自己卻是沒沒無聞，現在主要是靠替人抄書或寫信賺現錢。年紀已經老大不小，卻沒討老婆，每天都在酒店和賭場裡廝混。

「萬吉，你也一切安好吧？」

「託您的福。只不過當大和屋的帳房，頭痛的事很多。」

「哈哈哈，很好啊，生意興隆的店都有個能幹的帳房。」

萬吉拐了個彎損人，但伊平絲毫不以為意，豪邁地笑了。以一笑解千愁為信條的他不愛在人前掉淚，即使是痛苦、傷心或遇上困難的時候，都是一派灑脫地過日子。如果不計較一有錢就拿去買酒這一點，伊平倒是個豪爽的好男兒。

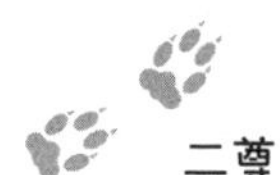



「看看這個世間，不是漁船船東互搶漁場，就是誰偷了誰的藍玉砂，充滿暴戾之氣。大家應該要互相禮讓、和平共存，對吧？所以有錢人分杯羹給窮人喝也無可厚非，你說是不是？」

伊平說得天花亂墜，狸貓不禁想像著茂右衛門對他投以狐疑眼神的模樣。

「簡單地說，就是你肚子餓了，對吧？」

「你真是一點就通。」

伊平喊口渴，萬吉嘆了口氣，起身替他倒茶。此時，裡間傳來嬰兒的抽泣聲，是茂右衛門的妻子在梅花綻放的時期產下的么兒。照理說奶娘應該陪著，莫非是暫時離開了？狸貓動了動耳朵，睜開眼睛。螞蟻爬過牠的鼻尖，害牠打個噴嚏。牠從土倉旁的洞裡探出頭來窺探四周，接著便鑽出洞外。

「哦，褓母來啦。」

狸貓從店門口窺探店內，伊平察覺了，面露賊笑。

「我們有精明的帳房，也有褓母，簡直是如虎添翼。」

茂右衛門抱著么兒從裡間走出來。不知何故，只要狸貓露臉，么兒就會停止哭泣，所以狸貓只要一聽見哭聲便會露臉。狸貓幼時父母雙亡，以松樹根部的洞穴為窩。有一回附近的頑童想用煙把牠燻出來，是茂右衛門救了牠。自此以來，大和屋土倉旁的洞穴就成為這隻狸貓的家。照顧嬰兒是小事一樁，雖然稱不上報恩，但如果幫得上忙，牠樂意效勞。

「好啦，小娃兒，別哭了。金長擔心你，跑來看你囉。」

伊平從茂右衛門手上接過嬰兒，讓坐在腳邊的狸貓也能看見嬰兒的臉。只見嬰兒立刻停止哭泣，凝視著狸貓，或許是覺得稀奇吧。

「這麼一提，萬吉，家裡有甜瓜吧？」

茂右衛門瞇起眼看著停止哭泣的嬰兒，如此問道。

「有，正冰著呢。」

「拿出來給褓母吃吧。順便分伊平一些。」

「喂喂，我只是順便啊？」

「金長比你有用多了。」

狸貓仰望著人類坐下來，覺得自己似乎也成為一分子。

晚春與初夏間的風送來某處庭院裡綻放的花香味。

⛩

「想死的放馬過來！」

從京都站前搭乘高速巴士約三小時，良彥來到位於四國德島小松島市的某座簡樸的瓦簷神社，現在卻是一臉茫然地呆立於神社旁的公園裡。

「地獄橋衛門三郎會送你們去見閻王！」

「很好，這就來領教你的本事！吾乃六右衛門的左右手，川嶋兄弟的九左衛門是也！」

雙方來勢洶洶地互相叫陣，原以為即將掀起一場腥風血雨，誰知只是褐色毛球用捲起的報紙或瓦楞紙板互相打來打去而已。不過，雙方似乎相當認真，「地獄橋衛門三郎」與「川嶋兄弟的九左衛門」兩陣營的援軍各自出現，褐色毛球蜂擁而上，有的用樹枝刺對手，有的撒沙子攻擊眼睛，有的已經玩膩了躺在一旁觀戰，有的在搶奪不知打哪兒來的零食。這些全都是——狸貓，而且不知何故，都是半透明的。

「南方總帥田浦嘉左衛門特此前來，替衛門三郎助陣！」

「那就由川嶋兄弟的作右衛門來當你的對手！」

「作右衛門，終於等到你了！吾乃藤木寺小鷹，今日定要為父報仇！」

「吾乃熊鷹！覺悟吧！」

這邊甚至開始上演復仇戲碼，但打仗方式依然是互潑地上的積水、像玩捉迷藏一樣你追我跑，或是拳打腳踢等等，並未亮出刀劍或鈍器。

「可憐的屍首，讓高洲隱元為你超渡吧。」

一隻身穿袈裟的狸貓，帶著信眾在裝死倒地的狸貓身旁念誦經文。

「……呃……」

只有溜滑梯的小公園裡，如今可見滿坑滿谷的半透明狸貓。祂們的外觀和良彥所知的狸貓一模一樣，但不知何故，全都是以雙足步行，靈活地跑來跑去，有的戴著頭盔、有的身穿鎧甲，良彥看了不禁莞爾。

「不好意思，在祢正忙的時候跑來……」

一群小狸貓發現坐在良彥腳邊的黃金，嚷嚷著狐狸、狐狸，蜂擁而上，有的抱住尾巴，有的爬到背上。黃金不知該動怒還是容忍，只能板著臉孔任憑小狸貓拉扯祂的耳朵。見狀，一隻比其他狸貓大上一圈、脖子圍著藍染手巾的狸貓連忙過來，將小狸貓一隻隻地拉開。

「不，選在這種時候，是我之過。」

將最後一隻小狸貓放到地上之後，那隻打扮隨興但說話口吻宛若武人的狸貓如此回答，並轉頭對一旁身穿裃裝（註1）的豐腴狸貓說道：

「鷹，帶差使兄和方位神老爺到裡頭……」

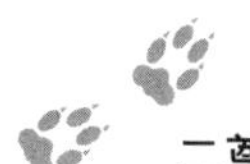


「啊啊啊！金長老爺，請看！小犬多麼地英勇啊！」

「我知道，鷹，帶客人……」

「祢看見剛才的一擊了嗎？多麼孔武有力啊！」

「鷹……」

見鷹只顧著含淚觀看大混戰，被稱為金長的狸貓似乎心知多說無益，以前腳撫額嘆了口氣，自行帶良彥他們前往神社。

金長大明神的神名是在前天浮現於宣之言書上。神社位於市營球場的一角，拜殿似乎是將獨棟平房打通改造而成，相當樸素，深處是個漆成紅色的小本殿。社殿裡擺放著兒童神轎和狸貓娃娃，裡間有張八腳矮桌，供奉著獻饌和紅淡比。

「哎，既然狐狸可以當神明，那狸貓當神明也沒什麼好奇怪的嗎……」

良彥被帶往拜殿不久之後，狸貓們也打完合戰收工了，有的回去別的地方，有的回到神

註1：男子和服正裝的一種，由肩衣與袴組合而成。

社，有的繼續留在外頭玩耍。祂們剛才明明還在打仗，臨別之前卻互相揮手，即使是敵對陣營亦然，態度意外地親暱。

「狸貓神並不稀奇，尤其是新瀉佐渡島的團三郎狸、淡路島的芝右衛門狸和香川的太三郎狸，這三尊神是知名的日本三大狸。除此之外，在狸貓傳說眾多的四國，還有這尊金長大明神及愛媛的隱神刑部等等，都被奉祀為神，流傳千古。」

在被請至上座的良彥與黃金交談之際，金長大明神底下的主要狸貓都集合到神社裡。金長大明神與鷹對坐於酒席兩端，剛才奮戰的狸貓們則與祂們並排而坐。

「差使兄、方位神老爺，再次歡迎兩位來到阿波國。」

說著，金長大明神低頭致意，其他狸貓也跟著行禮。對方明明是狸貓，良彥卻有種受武士宴請的感覺。

「抱歉，在祢們打仗的時候跑來。該不會因為我來而提早結束了吧？」

「請勿介懷，那只是我們的訓練而已。」

「每個禮拜不打個幾次就會忘記。」

「記憶和化身能力都需要反覆訓練。」

戴著紅頭盔的狸貓和披著黑披風的狸貓異口同聲說道，其餘眾狸點頭附和。

「今天正巧是一般合戰，如果是化身合戰，會更有看頭。」

「更有看頭？」

良彥反問的瞬間，在場所有狸貓一齊變換了身形——巴士站牌、郵筒、柿子樹、藥局吉祥物、貓、狗，甚至還有地藏像。

「好、好厲害！我是第一次看到狸貓變身！」

良彥忍不住微微起身，出神地看著這幅光景。仔細一看，郵筒有尾巴，地藏像也長了鬍鬚，模樣頗為逗趣。這種破綻百出的樣子或許正符合狸貓的風格吧。狸貓變身後依然是半透明，可以隱約看見另一頭的景色，也給人一種超現實的感覺。

「從前我們的化身本領更加高明，奈何力量衰退……」

只有臉部變為福助人偶的金長大明神，前腳在面前一揮又變回原來的狸貓臉，其他狸貓也跟著恢復原狀。

「反覆打仗，也是為了保存記憶。」

「為了不忘記變身方法而反覆練習，這個我能理解，不過剛才的合戰也是為了保存記憶嗎？」

良彥詢問，金長大明神點頭肯定。

「我們原本是江戶末期『阿波狸合戰』金長陣營的狸貓。順道一問，差使兄可知道『阿波狸合戰』？」

被突然這麼一問，良彥措手不及。

「呃……抱歉，我不知道……」

「啊，不，無須介懷。這年頭不知道的凡人越來越多了。」

金長大明神依然滿面笑容，繼續說道：

「江戶時代，狸貓之間也打過幾次仗，我因為這些戰功而受人奉祀，並獲得吉田神祇管領所封贈正一位。」

金長大明神挺起胸膛說道，其他狸貓有的拍手、有的歡呼，良彥趁著喧鬧之際悄悄詢問身旁的狐狸：

「……正、正一位是什麼東西？」

「位階，神階的最高位，關白或太政大臣便是這個位階。哎，大多是死後追敘的就是了。」

「有多厲害啊？我知道的人也有這個位階的嗎？」

「這個嘛，若要以你知道的人為例——就是織田信長。」

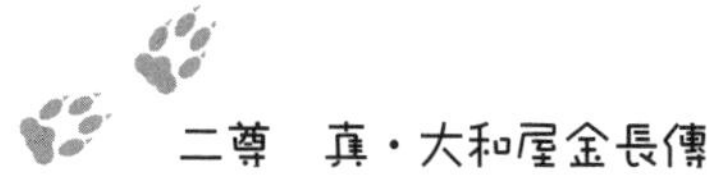


「咦？」

「還有豐臣秀吉、德川家康等等。」

「……跟、跟他們同等級……？」

良彥不小心咬到臉頰內側。這三個人都是日本家喻戶曉的超有名武將。沒想到三英傑居然和圍著手巾的半透明狸貓同等級。

「當年的狸貓合戰，有的記錄在各種典籍之中、有的口耳相傳，種類繁多，就連我們也未能盡數掌握。總歸一句，只要是曾在人類傳承的『阿波狸合戰』中登場的狸貓，就能夠在這座神社附近顯靈。」

金長大明神指著神社入口，良彥跟著望去，只見剛才纏著黃金的小狸貓們正在打滾玩耍。

「然而，隨著時代更迭，傳述我們故事的人變少，能夠顯靈的狸貓也減少許多。我們的記憶變得模糊不清，忘記自己是何方狸貓，身體逐漸透明。因此，我們和敵營的六右衛門合作，舉辦模擬合戰，回想自己的名字及在合戰中扮演的角色。」

「原來如此……」

良彥重新打量並排的眾狸貓。原以為祂們只是在玩耍，原來那對祂們而言是重要的合戰。這下子良彥總算明白祂們的身體為何是半透明的。

「高洲隱元、地獄橋衛門三郎、田浦嘉佐衛門、藤木寺鷹和祂的兒子小鷹、熊鷹是每個故事都曾提及的主要狸貓。但人類縱使知悉金長之名，知道祂們的卻是少之又少。」

金長大明神有些落寞地說道，被點名的狸貓們也感慨地仰望天花板或盤起手臂。

「……那有什麼差事是我可以效勞的嗎？」

良彥戰戰兢兢地詢問，暗自祈禱別是讓金長大明神揚名全世界或是喚回消失的狸貓這類大難題。

「對了，差使兄是為了差事而來的。這個嘛，要拜託什麼事才好呢……」

「對不起，好像太突然了。我也是前天才收到大神的指令。」

「不不不，我們也沒想到能有幸蒙大神垂憐。」

金長大明神有些自嘲地說道，閉目思索，其他狸貓則是忐忑不安地等待首領吩咐。直到年紀尚幼的熊鷹等得不耐煩，心浮氣躁地想去追逐飛進社殿的蝴蝶時，金長大明神才睜開眼睛，轉向良彥。

「那麼差使兄，我這就開口拜託了。」

良彥下意識地挺直腰桿，聽祂說話。

「誠如方才所言，金長貍與戰友登場的狸合戰故事種類繁多，就連我們自己也未能盡數掌

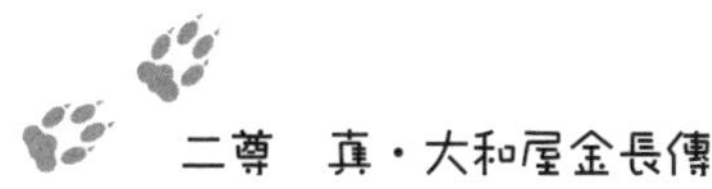


握。因此，為了讓更多狸貓能繼續顯靈，能否請你盡力收集『阿波狸合戰』的故事？」
「盡力收集『阿波狸合戰』的故事……？」
「典籍、口傳，形式不拘。對於我們而言，縱使只有一個凡人傳述，亦有存在的意義。」
金長大明神凝視著良彥，微微一笑。
「之後再請差使兄從中挑選一個最中意的故事，念給我們這些快消失的狸貓聽。大夥兒聽了，定然開心極了。」
聞言，其他狸貓也都拍手說道：「贊成！」「好主意！」
「念給祢們聽啊……」
良彥盤起手臂。收集故事說來簡單，做起來卻不容易，若連口傳都列入計算，不知道數量有多少？
「要收集多少故事才夠？有限制嗎？」
「差使兄覺得足夠即可。」
金長大明神笑咪咪地回答，良彥啞然無語。這是在測試他的良心嗎？
「只要有差使兄傳述，我們一定能夠長留人間。請多關照。」
說著，金長大明神低頭致意，其他狸貓也跟著深深地低下頭來。同時，宣之言書的受理光芒自包包外洩。良彥一如以往無權拒絕，只能接受。

⛩

「……江戶時代末期，染坊『大和屋』的店東——茂右衛門，發現店後方的土倉旁邊有個洞，八成是狸貓窩。店裡的夥計說要活捉狸貓來熬湯，但茂右衛門囑咐不可濫殺無辜，每天都在洞外擺放飯糰。說來不可思議，自此以後，染布訂單一張接著一張，染坊倏地變得忙碌起來。此時，店裡的一名夥計萬吉被附身，附身者自稱是住在土倉旁洞裡的狸貓『金長』，說自己在鎮守之森（註2）的住處被洪水淹沒，因此移居到大和屋，為了報答茂右衛門的恩情，願意保佑他闔家平安、生意興隆，請他別拋棄自己。茂右衛門一口答應，從此以後，他們便透過萬吉的身體溝通。金長不時借用萬吉的身體，從店裡的工作到吉凶占卜一手包辦，廣受好評，染坊的生意因此大為興隆……」

良彥決定先從金長大明神所說的「阿波狸合戰」著手，便來到距離神社約十分鐘路程的圖書館，查詢祂受人奉祀的緣由。金長的故事原本是德島地方流傳的民間故事，直到明治時代至戰時才以講談（註3）的形式流傳到全國。那個時代沒有電影也沒有電視，講談師在釋台（註

4）前一面敲扇打節拍，一面對著觀眾講述，在當時是十分有名的故事。

「某天，金長為了求取功名，前往四國的狸貓統領津田六右衛門的門下修行。金長成績斐然，六右衛門有意招牠為婿，但金長為了回鄉報答茂右衛門的恩情鄭重拒絕。六右衛門心中不悅，認為金長日後必與自己為敵，便派出大批追兵夜襲金長。金長應戰，愛徒鷹為了保護金長力戰而亡。逃回故鄉的金長向茂右衛門訣別之後，便開始召集人馬，報仇雪恨。」

故事發展漸趨混沌，良彥暫且把頭從書本中抬起來。公園裡看到的模擬合戰令人莞爾，因此他還以為會是從前在動畫電影裡看到的那種溫馨情節，誰知和人類的故事根本沒兩樣。

「戰火終於點燃了。激戰過後，金長誅殺六右衛門，獲得勝利，但自己也身負重傷，不久之後就過世……」

黃金在良彥身旁興味盎然地看著書。

「故事挺壯烈的啊。」

註2：環繞神社周圍的森林。
註3：日本傳統說唱藝術的一種。
註4：擺放在講談師面前的長方形矮桌。

平日午後的圖書館裡人不多。館內的鄉土史專區收藏了好幾本關於金長狸的民間故事集，良彥隨便挑了一本來閱讀。

圖書館隔壁是名叫「金長狸郵局」的郵局，看來這隻狸貓相當受到小松島市民的喜愛。

「而且這個故事還在一九三九年改編成電影《阿波狸合戰》……隔年上映續集，一九五四年又改編一次……」

既然這麼有名，或許網路上也能找到什麼資訊。良彥用智慧型手機搜尋，在大型百科網站上找到了相關條目。第一次改編的電影十分賣座，瀕臨倒閉的電影公司因此起死回生。莫非金長到了昭和時代還在向人類報恩？

「好厲害，經歷這麼顯赫，確實不負神明之名。」

難怪可以獲封正一位——良彥兀自沉吟。

「欸，還有其他神明是正一位的嗎？」

良彥把視線轉向坐在椅子上的黃金。

「黃金是什麼位階？啊，還有大國主神呢？」

「良彥，你似乎有所誤解。」

黃金回以啼笑皆非的眼神，用鼻子哼了一聲。

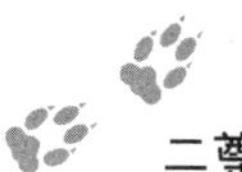



「位階不過是凡人的序列，竟用來冊封神明，實為傲慢至極之舉。凡人如同隨著季節飄落的樹葉，焉能決定神的位階？」

「咦？可是現在不就……」

「位階制度承襲自大陸，並在日本獨自發展。自七世紀以來，對神明或神社授予位階的愚昧事實確實存在。不過，那大多是授予『神社』，用於神明序列的例子並不多。近年將獲封正一位的凡人升格為神的情況就又另當別論了。」

黃金忿忿不平地拍桌說明，良彥隔了數秒之後才理解這番話。

「……換句話說，授予黃金和大國主神這些神明位階是很荒謬的事，神明原本就是超越這些事物的存在？」

「沒錯。」

「區區人類憑什麼替神明排位階？」

「正是如此。」

「呃，金長大明神本來是狸貓，後來變成神，所以人類才給祂位階，這樣解釋對吧？唔……可是祂是神明吧？祂是神明，卻被人類冊封正一位……？」

這和雞生蛋還是蛋生雞的問題似乎有異曲同工之妙。良彥越發混亂，歪頭納悶。黃金深深地嘆一口氣，有些難以啟齒地說道：
「思考這個問題，或許只是白費時間。」
「……怎麼說？」
「因為金長大明神是否真的獲封正一位，還有待商榷。」
「啊？」
良彥一頭霧水地反問。剛才本神明明親口說過，黃金卻抱持懷疑，這是怎麼回事？
「……祂沒有獲封正一位嗎？」
「可能性很高。」
「為什麼？證據是什麼？」
「你把我當成什麼……」
黃金皺起鼻口，焦躁地搖動尾巴。
「聽好了，當時封贈金長大明神正一位的吉田神祇管領所是位於京都。你可別說你對於吉田這個名號沒印象啊！」
「吉、吉田……」
良彥喃喃說道。在這種狀況提到這個姓氏，他聯想到的人只有一個。

「幕府是否承認姑且不論，大主神社正是那個神祇管領所，而我當年就已經住在那裡。狸貓獲封正一位的情形並不常見，倘若有，理當會留下紀錄，但我連傳聞都沒聽過。」

良彥用手指抵著眼頭。沒想到有知道當時情況、足以作證的神明存在，這下子他無話可說了。

「那金長大明神為什麼要說祂獲封正一位……？」

「從前常有人為了自抬身價，吹噓自己是正一位達官貴人的御用商人之類的。金長大明神的正一位或許也是凡人事後加油添醋加上的，而祂信以為真。」

「真的假的……」

良彥喃喃說道。他覺得自己似乎知道了用不著知道的事。

「哎，不過，祂被奉祀為神這一點還是沒變……」

「可是這裡也有寫，金長大明神的神社是在進入昭和時代以後，為了紀念電影的成功而建造的。」

「咦？」

良彥重新瀏覽黃金用前腳指著的智慧型手機畫面。小松島市內奉祀金長大明神的神社有兩座，位於山裡的本宮是為了紀念一九三九年的電影賣座而建造，為其他神社的攝社；至於良彥剛才造訪的則是完全獨立的神社，是一九五四年的電影上映之後，電影公司捐款建造的。

「原來這麼新啊……」

如果「阿波狸合戰」是江戶時代的故事，那麼金長大明神應該在昭和以前就已經成為神明，但是在那之前卻沒有奉祀祂的神社。

「哎，無論神社新舊，金長大明神是神明之事無庸置疑，只不過有一點倒是有些蹊蹺。」

「……哪一點？」

黃綠色的眼睛瞥了良彥一眼。

「祂們的身體變成半透明這一點。力量衰退的神明通常是失憶、變年輕、變老，或是人形的一部分變回原來的模樣。像祂們那樣變透明的情況，我從未見過。」

這麼一提，良彥回憶起剛才見到的狸貓。祂們確實是半透明的，甚至可以看見祂們身後的景色，彷彿即將融化消失般虛幻。良彥過去從未見過這樣的神明。

「……那麼，方位神老爺的見解是？」

良彥面色凝重地詢問。那些狸貓究竟有什麼祕密？

然而，狐狸只簡單地回了一句話。

「不知道。」

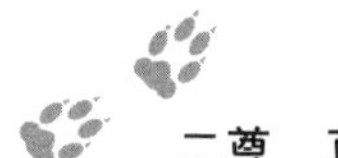


「……這樣啊。」

是自己太愚蠢，才會有所期待嗎？良彥空虛地凝視著空中。依這隻狐狸的作風，就算知道也不會輕易告訴他吧。

「雖然有點古怪，哎，但對你的差事應該不至於造成影響吧。」

黃金似乎是真的不知情，不再思索這個問題，抬起了鼻頭。

「你要先在這裡收集資料嗎？」

黃金問道，良彥轉換心情，做了個深呼吸。

⛩

「金長老爺，那樣東西其實在我手上。」

遠在良彥造訪金長神社的二十多年前，曾有個祂看著長大的高中女生對金長大明神如此坦白。她選擇的地點並非訪客較多的球場邊神社，而是有本宮之稱的山腰上神社。本宮離車站很遠，階梯又陡，鮮少有人前來參拜。她就是明白這一點才會獨自造訪這裡訴說這個祕密。

「唔，果然在爾手上啊。」

金長大明神原本就認為她是唯一可能保有那樣東西的人。在夜幕逐漸低垂的天空下，祂一板一眼地回答壓根兒聽不見自己聲音的她。周圍有好幾隻狸貓，有的在玩相撲，有的在玩捉迷藏，大家都沒把她這張熟面孔的來訪放在心上。

「全世界大概只剩下這一本，宮司先生和岩田先生都說他們家的已經不見了。如果不是我眼尖發現，我家的也差點被當成舊紙拿去回收。」

穿著藏青色西裝外套的她，一面留意周圍有沒有其他人，一面小心翼翼地從書包裡拿出那樣東西。

「今天我是來報告的。我會把這個當成不外傳的寶物。不只是因為它很重要，還有另一個原因……」

一看見她手上那褪了色的綠褐色，金長忍不住閉上眼睛嘆氣。祂絕不會看錯。究竟睽違了多少年？在那之後，日本這個國家經歷不少風風雨雨，這樣渺小的東西居然還留存著，讓金長的心頭自然而然地激揚起來。

「不外傳亦無妨。縱使我再也無法看到它，只要它在爾的手上，就有意義。所以爾可千萬別讓它離手——」

說到這兒，金長不禁苦笑，因為對方根本聽不見。然而，高中女生誇張地把那樣東西高舉到頭頂上，在夜幕逐漸低垂的向晚之中轉過星眸，望向金長。

「金長老爺，我絕不會把這件事告訴別人，會和祢一起守著這個祕密。這樣東西我也會好好傳承下去。」

那種充滿好奇心與使命感，甚至近乎魯莽的表情，和金長熟知的某個人物十分相似。

「啊，對了，金長老爺想知道不外傳的理由嗎？告訴金長老爺應該不要緊吧？」

接著，她輕聲說出理由。聽完她的悄悄話，金長大明神抖動肩膀笑了片刻，但笑容在不久後又化成淚水。真有那個人的風格啊，懷念之情油然而生。

「既然有這樣的理由，那就無可奈何了。」

望著小心翼翼地將那樣東西收進書包裡的高中女生，金長大明神衷心祈禱：

「但願它永遠與爾同在。」

而祂也更加堅定了自己的決心。

從今以後，也要以金長大明神的身分，生生世世坐鎮於這座神社——

「金長老爺～！」

聽見小狸貓呼喚自己的聲音，金長大明神抬起頭，回過神來。

「請看！我扔石頭的技術變好了。」

「哎呀，我扔得比較準。」

「我扔得比較遠！」

金長大明神面帶微笑地觀看在神社旁的公園裡展開的投石比賽。或許是因為交辦那樣的差事給差使之故，祂竟然想起往事。

「……說歸說，也不過是二十年前的事。」

金長大明神喃喃說道，望著自己的前腳。半透明的身體似乎變得比以前更淡，隨之湧上的是不折不扣的焦慮感。再這樣下去，有朝一日或許會消失殆盡的危機感在胸中日漸增長。

絕不能讓這樣的事情發生。

不光是為了神的尊嚴，更是為了不辜負那些心意。

「不知道差使兄會收集多少故事來？好期待啊。」

仔細一看，鷹正在金長大明神身旁吃著不知打哪兒來的烤雞串，甜辣醬的香味撲鼻而來。

「……祢總是開開心心的，真好。」

「哪兒的話？金長老爺。像我們這樣朝不保夕的，不好好把握當下怎麼行呢？祢要吃嗎？」

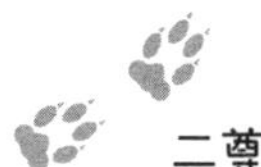



鷹遞出新的烤雞串，金長大明神凝視了一會兒之後才接過來。

「最近金長老爺無精打采的，大家都在擔心。我原本以為祢會跟差使商量其他煩惱呢。」

「這不等於商量了嗎？收集『阿波狸合戰』的故事，能讓我們的顯靈更加穩固，也可多一個凡人知道狸貓的事蹟。」

「金長老爺還是老樣子，一板一眼的。」

公園裡的投石比賽不知怎地變成相撲。有的狸貓在午睡，有的拿著樹枝比武。

「放輕鬆點吧。」

看著鷹說這番話時的開心模樣，金長大明神無奈地嘆一口氣。

⛩

金長大明神說過「阿波狸合戰」的故事種類繁多，連祂們自己也未能盡數掌握。正如祂這句話所示，現今流傳的金長狸故事版本眾多、書名各異。雖然金長狸討伐六右衛門的走向大致相同，登場的狸貓卻有所不同，同狸不同名的情形也不在少數。良彥拷貝了圖書館中所有民間故事集裡的金長狸故事，並在圖書館員的建議之下閱覽了收錄於小松島市史的《金長物語》。

《金長物語》比剛才閱讀的民間故事集更加詳細了些，還提到金長狸負傷殞命的經過。除此之外，館員還告知有抄錄講談內容而成的《實說古狸合戰・四國奇談》三部曲。雖然這間圖書館裡沒有實物，卻可以在國會圖書館的數位館藏區閱覽，於是良彥便到網路區上網閱覽。不過，這部作品是在明治時期寫成，用的全是舊假名，良彥只讀了一節就關掉視窗。反正已知道閱覽方法，之後再慢慢看吧。

「金長狸的故事原本是口傳的，每個人說的都不太一樣，所以抄錄成書的時候，內容也會因為來源不同而有些微的差異。」

良彥表示想了解更多「阿波狸合戰」的相關故事，建議他閱覽小松島市史的五十幾歲女館員摀著臉頰，有些為難地回答：

「雖然我也不是全都看過，不過收錄在民間故事集裡的大多是簡化過的，狸貓通常也只提到金長公、鷹和六右衛門而已。講談本的劇情反而豐富許多。」

「還有其他關於『阿波狸合戰』或金長狸的書嗎？知道這類故事的人也行。」

良彥問道，館員轉動視線，詢問正巧來拿檔案的男館員：

「有誰對狸貓的故事比較有研究嗎？」

戴著眼鏡的年邁男性抬起頭來回答：

「說到狸貓，就想到岩田老爺爺……不過他好像過世了？」

「對，前年過世的。」

「再不然就是……商工會議所的藤井小姐。」

「商工會議所？」

良彥反問，男館員指著圖書館的斜對面。

「對，那裡有位小姐是金長神社後援會的負責人，或許知道些什麼。」

說來意外，良彥前往圖書館斜對面的商工會議所，說明自己是為了金長狸而前來拜訪藤井之後，馬上被請了進去。接待員要他在隔間板圍起來的會客區等候，隨即又送上紙杯裝的茶水。

「沒有預約，真是不好意思……」

良彥瞥了因為沒有附上茶點而一臉不滿的狐狸一眼，從隔間板的縫隙悄悄地窺探室內。雖然也有幾個年輕人，但依然是以年長者居多，大家不是在敲鍵盤就是在打電話，相當忙碌。聽說藤井是女性，不知道是個什麼樣的人？

「對不起，讓您久等了！」

背後突然傳來這道聲音，良彥連忙回頭，只見戴著黑框眼鏡的半張女性臉孔，從雙臂抱著的五個藍色檔案夾後方探出來。

「我是金長神社後援會的藤井，您是要來詢問金長神社的事嗎？」

「啊，對，沒錯，您不要緊吧？」

良彥想幫忙，卻又擔心亂碰反而會破壞成堆檔案夾的平衡。

「有些問題可能去問市公所的觀光課比較合適，我不確定能不能全數回答——」

「先、先坐下再說吧？」

在良彥的催促下，藤井小心翼翼地把堆積如山的檔案夾放到桌上，短短吐了口氣。

「抱歉，我是正在找資料的時候被叫過來的。」

「不，突然來訪，我才覺得抱歉。」

面對面一看，發現藤井是個活像高中生的年輕女性。不知道有沒有一百五十公分的嬌小身軀穿著尺寸不合的大外套，外套上繡有商工會議所字樣。或許她是高中畢業就出社會工作。如果是在穿便服的狀態下見面，自己鐵定會把她誤認成學生——良彥如此暗想，發呆了好一會兒。見狀，藤井微微一笑。

「聽說有訪客想詢問關於金長神社的事，我還以為是高齡人士。很高興年輕人也對這方面感興趣。」

「不不不，我也沒年輕到哪兒去……今年都二十六歲了。」

「已經很年輕了……所以您想問什麼呢？」

藤井向良彥勸坐。瞧她年紀輕輕，應對卻相當得體，看來工作態度應該比良彥認真許多。

「是這樣的，我正在收集『阿波狸合戰』及金長狸的故事……您也知道，每本書和故事的內容都不太一樣，所以我想盡可能多收集一些……」

良彥想起正題，挺直腰桿說明。藤井詫異地歪了歪頭。

「恕我失禮，請問您是學生嗎？還是民俗學相關人士？」

「啊，不，我只是……一般人。」

良彥這才想起自己尚未自我介紹，報上了全名。

「怎麼會想到要研究狸貓呢？」

「啊，這個嘛……呃……」

這個問題不難預測，但良彥完全沒有擬定戰略就闖進來，因此連個敷衍的答案都想不出來，說話結結巴巴。

「……老、老實說，我……很喜歡狸貓！」

良彥情急之下吐出這個答案，不禁暗自後悔。為什麼每次都是這樣？難道沒有像樣點的答案嗎？

誰知藤井竟然瞪大眼鏡底下的雙眼，喜孜孜地探出身子。

「我也是！我也很喜歡狸貓！」

真是意料之外的發展。

為免顯得不自然，良彥克制了三分之二的驚訝之情，硬生生地拉動抽搐的臉頰，展現遇到同好的喜悅。

「啊，咦？藤井小姐也是嗎？」

「是的！啊，我太高興了！喜歡狸貓的人對金長公產生興趣，不枉費我接下後援會！」

黃金白了良彥一眼，但良彥決定待會兒再和祂討論自己的演技有多麼差勁，努力擠出笑容詢問藤井：

「後援會目前有多少人？」

「雖然名字有個『會』字，但其實只有我一人，您就當作是種職稱吧。從前會員人數也曾高達近百人，但現在已經沒有什麼積極的活動。主要的工作是五月舉辦的——就在上上個禮拜——『金長祭』的募款窗口業務，還有緊急的神社養護工作，所以我一個人就夠了。」

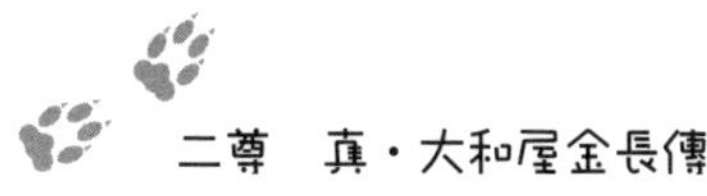


藤井有些落寞地說道，隨即又猛然抬起臉來。

「不過，我非常喜歡這份工作。能夠從事和狸貓有關的工作，實在太棒了！我讀過不少文獻，用自己的方法學習金長公的相關知識，或許能多少幫上您的忙。請等一下。」

說完，藤井暫且離席，隨即又拿著一本薄薄的冊子回來。

「民間故事集在圖書館或書店裡都找得到，所以我拿了本比較冷門的……萩原先生，您知道講談本的《實說古狸合戰・四國奇談》三部曲嗎？」

「剛才在圖書館的上網區有稍微瞄了一下。」

「那是明治四十三年發行的，據說還有更早的版本，就是《金長一生記》和《古狸金長義勇珍說》。這兩本書是我上的大學圖書館裡保管的地方史料，幾乎沒有人知道它們的存在。如果《古狸金長義勇珍說》的序文所寫為真，那麼這本書是在天保十年寫下的。」

「這麼說來……是江戶時代？」

「對。據說狸貓的合戰是發生在天保年間，正好是那時候寫的。《金長一生記》八成也是在同一時期。這是大學附屬圖書館發行的冊子……」

藤井將冊子放在桌上。白色的樸素封面上印著大學校名與標題「藍波」。由封面上的「第五號」三字判斷，這似乎是定期發行的刊物。

「其實我畢業論文的題目就是《金長一生記》，在這本《藍波》第五號裡，刊登了我翻刻過後的內文。《古狸金長義勇珍說》則是由專題小組的學長翻刻的。」

「什麼是翻刻？」

「就是將手抄或雕版印刷的原本打成活字。《金長一生記》和《古狸金長義勇珍說》都是手寫的，我們用電腦一字一字重打。古時候的毛筆字對於現代人而言很難懂，打成活字比較方便閱讀。」

良彥翻閱內文。改為活字以後，內容確實比較容易吸收，雖然有不懂的詞語，但只要耐心閱讀，倒不至於無法理解內容。

「剛才我在圖書館裡看到的《實說古狸合戰・四國奇談》就是手寫的毛筆字，看起來活像蚯蚓在爬……」

「那本書的翻刻檔我也有，如果您有興趣的話，就送給您吧。」

「咦！可以嗎？」

「只要有助於推廣，我很樂意。」

藤井笑容滿面地說道，隨即將《藍波》第五號中的《金長一生記》與《古狸金長義勇珍說》的部分影印下來。至於《實說古狸合戰・四國奇談》三部曲分量較多，她直接將檔案寄到

良彥告知的電子信箱。她的身材雖然嬌小，手腳卻相當俐落，看著她三、兩下就把事情辦好，有種暢快的感覺。遇上熱愛的事物，幹勁果然會暴漲。

「翻刻應該花了您很多心力吧……我這樣坐享其成，真是不好意思。」

良彥望著成疊的影本，心中萌生些許罪惡感。不過，現在這份資料對他而言宛如及時雨。

「不，我本來就很習慣翻刻，沒花多少心力。我的老家有很多老東西，爺爺教過我讀法，我還曾把明治時代祖先的日記重寫一遍呢。」

「祖先的日記？」

「內容很精彩喔。」

藤井呵呵笑著，良彥有些傻眼地看著她。祖先應該沒料到自己的日記會被子孫偷看吧。

「《金長一生記》、《古狸金長義勇珍說》和《實說古狸合戰・四國奇談》都是鮮為人知的作品，只要能多一個人閱讀，我完全不在意。因為真的很感人！尤其是小鷹和熊鷹為了替被作右衛門殺掉的鷹報仇而參戰的部分……好不容易殺死仇人，熊鷹卻也死了，小鷹原本要殉死，是金長公阻止牠說：『你要活下來繼承我的衣缽，成為第二代金長。』啊，真是太感人了……」

藤井似乎打開了開關，雙手在面前交握，用充滿熱情的眼神望著空中，繼續說道：

「我最推崇的是田浦嘉左衛門，實在太性格了，讓人受不了！在大家正要動身去報仇的時候現身助陣，還有比這更帥的登場方式嗎？還有，雖然我個人最喜歡的渾名是『地獄橋』，不過本名是『火球』比較帥。天神橋火球，火球耶！簡直是犯規！至於表現嘛，三本松阿園的忍術很了得，還有投石組我也滿喜歡的。石頭如流星般飛去，好想親眼見識這樣的場面喔！」

藤井滔滔不絕地說道，隨即又猛然清醒，一臉尷尬地推了推眼鏡。

「……抱歉，我有點興奮過頭。」

「不會，我開始期待內文了。」

良彥並不討厭聽愛好者談論喜愛的事物。擁有灌注大量熱情的事物，想必能替人生帶來許多收穫，就像從前棒球之於自己一樣。

「還、還有什麼問題嗎？」

藤井收拾心緒，如此問道。

「啊，還有……對了，我在網路上看到金長神社是昭和以後才建造的，在那之前沒有奉祀金長狸的神社或祠堂嗎？」

雖然與差事沒有直接關聯，良彥還是說出心中的小疑惑。聞言，藤井回答得十分乾脆。

「有啊，茂右衛門家一直奉祀著金長狸。」

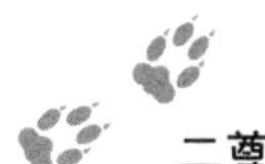



「茂右衛門……就是救了金長狸的大和屋老闆？」

「對。球場邊的金長神社就是茂右衛門家代代奉祀的家神——金長大明神分靈過去的。當時，從茂右衛門算起的第六代子孫取得了神職執照，成為宮司。大和屋這家紺屋好像也是真實存在過。」

聽她泰然道出的事實，良彥啞然無語。得知是昭和年代為了紀念電影賣座而建造的神社，良彥毫不期待它的歷史價值，沒想到擔任宮司的居然是金長狸恩人的子孫。

「……對喔，『阿波狸合戰』是江戶時代的故事，距離現在不過兩、三百年，其實也沒那麼不可思議……」

良彥在嘴裡咕噥。過去，他透過差事認識不少於《古事記》和《日本書紀》登場神明的子孫及親屬，茂右衛門有子孫也很正常。只不過，聽見故事角色的子孫活在現代，彷彿突然多了股現實味，讓他有些坐立不安。這可說是「阿波狸合戰」確實屬實的鐵證。

「請問……『阿波狸合戰』是真的發生過的事嗎？」

江戶時代的狸貓之間發生過戰爭，固然是件令人難以置信的事，不過現在金長狸依然是神明，而茂右衛門的子孫也確實存在，或許是真有其事吧。

「宮司已經過世了，詳情我也不清楚，不過，如果那是真實發生過的事，還一直流傳到現在，那不是很棒嗎？」

藤井略微壓低聲音，微微一笑。

「所以我相信是真的。」

良彥也跟著露出笑容，唯有身旁的黃金若有所思地豎起耳朵。

二

茂右衛門搭救的狸貓把住處從松樹根部的洞穴遷到大和屋的土倉旁不久，店裡起了小火災，原來是有宵小之輩對堆在店後方的破布縱火。第一時間就聞到味道的狸貓試圖通知茂右衛門，四處尋找能夠鑽進家裡的縫隙，好不容易才從廚房後門進了屋裡。但任憑牠如何在耳邊啼叫或是用腳搭住身子，都叫不醒茂右衛門，最後牠索性咬住茂右衛門頭底下的枕頭一把抽出來。自此以來，茂右衛門更加疼愛狸貓了。聽聞這段故事的伊平替狸貓取名為「金長」，期許牠成為一隻為商家帶來福氣的狸貓。

嬰兒出生以後，金長常幫忙驅趕意圖囓咬嬰兒耳鼻的老鼠和貓，因此也很得茂右衛門妻子

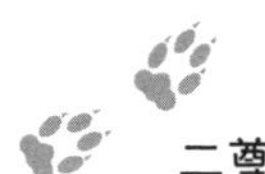


的喜愛。店裡的人都會陪金長玩耍，當時大和屋附近正好常有野狗出沒騷擾，眾人都稱讚金長比狗更為聰明。

不久後，大和屋有隻奇妙狸貓的事漸漸地傳開來，越來越多街坊鄰居跑來一探究竟。事實上，似乎是伊平四處宣傳，信以為真的人便跑來湊熱鬧。能卜卦、能治病、是小孩的守護神……各種加油添醋的謠言，轉眼間成為街頭巷尾茶餘飯後的話題。

「來來來，這就是住在大和屋的金長狸！只要一現身，嬰兒便停止啼哭，店裡生意好得應接不暇！神通廣大，堪稱大明神！頭一次來的人好好參拜，定能保佑你生意興隆、闔家平安！」

伊平就像個講談師，在大和屋的店門前擺了張釋台，讓金長坐在上頭招攬觀眾。金長只是趴著或坐著，觀眾卻看得興味盎然。也有人為了沾福氣而撫摸金長，但若是太過放肆，伊平便會下逐客令。

「欸，聽說這隻狸貓會占卜？替我卜一卦吧。」

一名身穿上等小紋和服的美女，交互打量著伊平與金長。她說她是慕名而來，看起來年輕卻英氣凜凜，有著一雙聰慧的眼睛。她還帶著一名年輕的男僕。

「嘿，要占卜什麼呢？話說在前頭，這是隻狸貓，可別問太複雜的問題啊。」

「我想批一些新的貨色來賣，可是不知道該向兩家店的哪一家批貨。」

「原來如此，那就麻煩妳把店名寫在這兩張紙上。」

想當然耳，金長不會卜卦。該怎麼辦？牠看著伊平，只見伊平請女性在兩張紙上各自寫下店名之後，便對著牠揭起紙張。

「聽好了，金長，要選讓這位大姊賺錢的店啊。」

伊平嘴上這麼說，不知何故，卻不著痕跡地將右手上的紙湊到金長的鼻頭前。這是要選這一張的意思嗎？金長按照指示，用前腳選了右邊的紙，伊平笑容滿面地告訴女客人：

「金長說這一家。」

「哎呀，真意外。不過我會參考的。」

女性雖然略感驚訝，但仍塞了筆小錢給伊平，接著摸了金長一把之後便離去。

「聽好了，金長。剛才那位大姊是個老闆娘，在鄰町經營一家叫做『金魚』的水粉雜貨店。聽說那家店有很多時髦的玩意兒，現在很受歡迎呢。」

待客人散去之後，伊平對金長輕聲說道，並以極為自然的動作把手上的錢收進自己的懷裡。

「這下子你的名氣會更大，我也與有榮焉啊。」

「什麼與有榮焉？」

茂右衛門不知什麼時候出現的，毫不客氣地把手伸進伊平的懷裡搶走錢。

「啊！你做什麼！那是我的！」

「別把金長當成賺錢的工具。別的不說，剛才的占卜要是不準怎麼辦？人家要算帳的時候，我的可是我的店啊！」

「別擔心，一定準。」

「你怎麼知道？」

茂右衛門帶著懷疑的眼神問道，不知何故，伊平得意洋洋地挺起胸膛回答：

「因為她問的是井野屋和西岡屋哪家比較好。我常在酒店和賭場遇見西岡屋的老闆，他每次都在吹噓自己是怎麼少僱幾個師傅偷工減料賺錢。剛才金長選的是井野屋，我從來沒在酒店或賭場遇過這家店的老闆。」

聽了這番話，金長才明白伊平剛才為何將寫著井野屋的紙張湊過來。原來那不是占卜，而是根據他的經驗法則得來的結論。

「……就只因為這個理由？」

「幸好金長很聰明，真的選擇井野屋。」

「蠢透了，別把金長扯進這種根本不是占卜的占卜裡。」

說著，茂右衛門抱起釋台上的金長回到店裡。他抱金長的時候總是會用手托著屁股，重心安定，金長可以放心倚著他。他衣服上的菸管味也像藺草一樣好聞。

「萬吉，不好意思，麻煩你跑鄰町一趟，把這些錢還給『金魚』的老闆娘。我記得她的名字好像是叫阿園。」

「咦？要還給她？那還不如給我！」

「你有空跑酒店和賭場，不如好好賺錢。」

萬吉一面苦笑，一面從茂右衛門手上接過錢，走出店門。此時，斜對面的鹽商老闆娘正好也走進店裡。她和茂右衛門及伊平是舊識，同樣很疼愛金長。

「哎呀，伊平大哥，講談結束啦？」

「茂右衛門喊停的。妳也幫我說說他嘛。」

「利用金長賺錢就是不對。」

茂右衛門把金長放在睡在被窩裡的嬰兒身旁。換作一般情況，旁人一定會勸他別讓動物接近嬰兒，但金長是唯一的例外。嬰兒看見熟悉的褐色毛球，也笑嘻嘻地手舞足蹈。

「就是說啊。伊平大哥要早點靠讀本（註5）賺錢才行。你之前不是說要寫一部像《八犬傳》一樣氣勢磅礡的武俠劇嗎？寫得怎麼樣了？」

「啊……那個嘛，我一直寫不出適合的主角……」

「伊平大哥就是這樣，明明一下子就能想出有趣的故事，可是角色的刻劃功力有待加強。」

「要妳管！」

老闆娘裝模作樣地嘆一口氣，伊平皺著臉鬧起脾氣。

「腦子裡盡想著要靠小金賺錢，是寫不出大作來的。」

「沒錯。再說，金長可是我收養的愛子，豈能讓你拿去當賺錢工具？」

「我也很疼牠啊！對吧？金長！」

趴在嬰兒身邊的金長用尾巴回應拚命辯解的伊平。牠知道伊平十分疼愛自己，就拿剛才的假講談來說，他也沒有強逼自己配合。

註5：江戶時代小說的一種。

「好、好，這個給你吃，冷靜下來吧。這是第一批採收的。」
老闆娘掀開她帶來的竹篩上蓋的布，只見裡頭有五顆圓滾滾的枇杷。
「記得分給小金吃啊。」
聽老闆娘這麼說，金長忍不住舔了舔鼻頭。
大和屋的店面迸出甜美的果香與笑聲。
這是金長安穩的日常生活。

⛩

良彥回到德島市，在當地訂了今晚的飯店，並在黃金堅持要去的家庭餐廳裡吃過晚餐以後，利用睡前的時間閱讀今天拿到的「阿波狸合戰」相關資料。金長大明神交辦的差事是從收集而來的故事中挑出最中意的念給祂聽，因此良彥必須確認內容。民間故事集裡的故事幾乎都是簡化過的，很有「故事」的感覺，但藤井給他的翻刻影本比小松島市史裡的更加詳細。
「如果想收集更多，只能問人了。」
良彥揉了揉因為持續閱讀小字而疲勞的眼睛。用白話文寫成的民間故事集姑且不論，《金

長一生記》和《古狸金長義勇珍說》雖然是翻刻過的，但並未譯為白話文，良彥必須一面推測意思一面閱讀，著實累人。那種感覺近似於閱讀假名交雜的漢文，只能邊看邊想像文義。

「話說回來，沒想到種類居然這麼多。大家那麼喜歡狸貓啊？」

或許對於當時的人們而言，狸貓大戰是相當煽情的故事吧。更何況內容是報恩與報仇，日本人向來拿這種題材沒轍，會如此著迷或許是理所當然。

「不過，最先推出這個故事的人是怎麼知道這件事的？《古狸金長義勇珍說》的序文說是直接向茂右衛門問來的，所以這是最早的版本嗎……？可是，茂右衛門的名字為什麼變成茂十郎啊……這真的可信嗎……」

良彥端詳著手上的影印紙。不光是狸貓，連人的名字都不一樣。或許直接去問狸貓才能得知真相。

「對了，你在寫什麼？」

黃金詢問正用商務飯店的小桌子上附設的原子筆在影印紙上做記號的良彥。以良彥的財力而言，住飯店可說是相當奢侈的選擇，但若要在漫畫咖啡店過夜，又不能光明正大地與黃金交談，不太方便。

「哦，我是在替登場人物……或該說登場狸貓做記號，看看哪隻狸貓是在哪個故事裡登場。就像金長大明神說的，高洲隱元、地獄橋衛門三郎、田浦嘉左衛門、藤木寺鷹與兒子小鷹、熊鷹幾乎是固定班底。」

《金長一生記》和《古狸金長義勇珍說》在名稱等細節上雖有不同，故事走向與登場狸貓卻是大同小異。另一方面，《實說古狸合戰・四國奇談》三部曲的故事情節基本上與《金長一生記》、《古狸金長義勇珍說》相似，但或許是因為講談的性質之故，添加不少吸引聽眾興趣的娛樂元素，八成是參考上述兩個故事改編而成的。

「藤井小姐說得沒錯，小鷹和熊鷹報仇的情節……很感人。金長也是個大好人。」

「你看得挺投入的啊。」

「投石組的名字也不錯，根井杓子之類的。還有狸貓叫做金雞。明明是狸貓，名字卻是雞。啊，這麼說來『鷹』這個名字也一樣。」

翻刻的文章確實難懂，不過一旦被拉進書中世界，便欲罷不能。良彥有些明白藤井侃侃而談的心情了。他在便條紙上列出登場狸貓的名字，並回憶哪些是在神社見過的狸貓、哪些是藤井提過的狸貓，突然察覺一件事。

「……沒有女忍者。」

他記得藤井提過一隻叫做三本松阿園的女忍者狸貓。當時他還暗自感嘆原來狸貓界也有忍

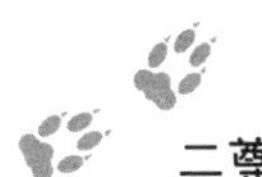



者，因此印象格外深刻，應該沒有聽錯。

「是我漏看了嗎？」

良彥再次轉向成疊的影印紙。他以為自己已經確認過所有登場的狸貓，原來還有漏網之魚？

「會不會是講談本裡的？她不是用電子郵件寄給你了嗎？」

「嗯，我用手機看過了……」

講談本共有《實說古狸合戰・四國奇談》、《津田浦大決戰・古狸奇談》和《日開野復仇戰・古狸奇談》三部，得花一段時間才能看完。良彥略微思考過後，決定用大廳上網區的電腦重新閱讀一遍。檔案已經存在雲端，在電腦上也可以看，畫面大應該比較不容易遺漏吧。

「沒有女忍者，這麼令你介意嗎？」

「祢想想，藤井小姐掛在嘴邊，代表她相當喜歡吧？人家好心提供影本給我，我也想和她分享一下感想啊。」

良彥換下睡衣，穿上外出服與丟在一旁的布鞋。

「祢先睡吧。」

他對黃金說完這句話便離開房間。

「……好了，真相究竟為何？」

黃金在只剩下一神的房間裡靜靜地輕喃，毫不客氣地在床鋪中央縮成一團。

⛩

「三本松阿園？」

隔天上午，良彥再度造訪神社。金長大明神有些慌張地如此反問。

「嗯……我幾乎找了一整晚，還是沒找到……」

良彥取消了原本要搭乘的巴士，努力撐開自行闔上的眼皮，如此說明。

「《實說古狸合戰・四國奇談》、《津田浦大決戰・古狸奇談》和《日開野復仇戰・古狸奇談》裡都沒有阿園，只有松木阿山，可是我不認為藤井小姐會弄錯……《金長一生記》和《古狸金長義勇珍說》我也重新看一遍，同樣是有『阿山』，沒有『阿園』。」

莫說手上的民間故事集，連網路上的故事良彥也都找來看過了，依然沒找到三本松阿園。

「是嗎……辛苦爾了。」

金長大明神吞吞吐吐地回答，撇開視線。拜託良彥盡力收集「阿波狸合戰」故事的是祂，

但祂萬萬沒料到良彥竟會這麼快就查到這一點。不，甚至該說祂以為良彥絕不可能查得到。看來是祂太小看這名青年。

「所以我想，乾脆問本狸比較快。」

說著，良彥硬生生地壓下呵欠。

「我知道『阿波狸合戰』有很多種版本，登場的狸貓也因故事而異，不過藤井小姐說的鷹父子、田浦嘉左衛門、地獄橋衛門三郎和天神橋火球我都找到了，只有阿園找不到，心裡就是覺得怪怪的。」

有著美麗毛皮的狐神，正在差使腳邊用黃綠色雙眸望著金長大明神。面對那宛若看透一切的目光，金長大明神暗自倒抽一口氣。與身為正神的黃金相對，總讓金長大明神不禁懷疑一切是否已經穿幫了。

——不過。

不過，即使如此——

自己必須報恩。

金長大明神宛若灌注自己的決心於其中，雙腳使勁一挺。

「差使兄，爾的心情我能體會，不過這件事與這回的差事——」

「有什麼關係呢？金長老爺，這就把阿園叫來吧。」

金長大明神正要婉拒，鷹卻招了招手，吩咐一旁的兒子把阿園叫來。

「熊、熊鷹，等……」

「阿園～！」

熊鷹絲毫不知金長大明神心中的焦慮，帶著幼童特有的順從性情與大嗓門呼喚公園裡的阿園。只見在玩耍的眾狸貓之中，有隻臉小上一圈的狸貓回過頭來。

「什麼事？」

奔上前來的阿園歪頭詢問，模樣煞是可愛。年幼的祂說話有些大舌頭，和其他狸貓相比不胖也不瘦，有著可愛的五官，左耳底下總是別著紅色的金魚髮飾。

「差使兄有事想問祢。」

「問我？」

聽了鷹的說明，阿園將那雙圓滾滾的眼睛轉向差使。和祂一同跑來的小狸貓一看見黃金，便又蜂擁而上。

糟糕。

情況相當不妙。

見差使配合阿園的視線高度蹲下交談，金長大明神坐立不安，在原地來回踱步。

「怎麼了?金長老爺，是吃壞肚子了嗎？」

「不、不是，沒事。」

鷹一面拉開圍著黃金的小狸貓一面詢問，金長大明神連忙否定。冷靜下來——祂這麼告訴自己，做了個深呼吸。即使那樣東西的存在曝光，只要推說是不外傳之物，差使就算想看也沒那麼容易。

——只要人類現在還是惦念著我。

「對不起，打擾祢玩耍。祢知道祢登場的『阿波狸合戰』故事是什麼標題嗎？」

「標題？」

「就是在哪本書出現的意思。還是口傳的故事？」

「唔，以前的事我不太記得了，不知是哪本書……不過，最疼我的是岩田爺爺。」

「岩田爺爺？」

熟悉的名字出現，金長大明神的心頭暗自一緊。

「岩田爺爺是說民間故事的志工，常去小學說我們的故事給小朋友聽。但是說來遺憾，他在前年過世了……」

周圍的狸貓都配合如此說明的鷹，神色哀戚地合掌，金長大明神也連忙仿效。

「對大家來說，他就像是朋友一樣啊。」

良彥五味雜陳地喃喃說道。

「那麼阿園，祢對《金長一生記》和《古狸金長義勇珍說》這兩本書有印象嗎？」

「那是什麼？」

「《實說古狸合戰‧四國奇談》呢？」

「不知道。」

「不知道啊……這麼說來，或許是口傳的……」

金長大明神窺伺著對盤臂思索的良彥開口的時機。如果他肯就此打住，那就再好不過。雖然祂希望良彥收集各種「阿波狸合戰」故事，但不希望良彥追究這一點。

「可是，藤井小姐那時候幹嘛提起『三本松阿園』這個名字？就算藤井小姐知道岩田爺爺說的『阿波狸合戰』故事，在那時候提起這個名字未免太奇怪了吧？」

「差使兄！」

見良彥似乎沒有死心之意，金長大明神用略微上揚的聲音呼喚：

「誠如我昨天所言，『阿波狸合戰』故事種類繁多，也有不少名字相仿的狸貓登場，或許

只是那個叫藤井的人弄錯了吧？」

「唔……是嗎……」

「其實也不用想太多——」

「啊！」

在良彥思索之際，一旁抓著小狸貓的鷹突然靈光一閃地叫道：

「我記得阿園好像是在一本叫做……叫做什麼傳的書裡出現的！」

金長大明神暗自咬牙。祂從以前就覺得鷹很不識相，沒想到居然會在這個關頭被頭號心腹從背後捅一刀。

「鷹，別用這種不確定的情報……」

「什麼傳？」

「是岩田爺爺家裡的書。不過書已經燒掉了，他說是父母講給他聽，他記下來的……」

「啊，我也聽他說過！」

差使和狸貓們完全不理睬金長大明神，逕自說下去。

「從前，岩田家有個一板一眼的祖先，留下很多很古老、很古老的書籍，裡頭有好多珍貴的故事書，但是在空襲的時候全都燒掉了。所以岩田爺爺的父母就把他們還記得的民間故事說給他聽，其中最重要的便是金長狸的故事，是代代相傳下來的。」

據說那位擔任說故事志工的岩田先生，每次說金長狸的故事之前，都會先說這段往事當作開場白。阿園大概是因為一聽再聽，不知不覺間便記住了。

「那本書……叫什麼名字呢……」

鷹把前腳放在額頭上，仰望天空，試著回想。周圍狸貓也跟著盤起手臂或用前腳抵著太陽穴，有的仰頭、有的垂首，紛紛陷入思索。唯有金長大明神不發一語，視線垂落地面，在心底祈禱鷹別想起來。

「啊，我想起來了！」

鷹突然叫道。一隻裝出思索模樣但其實睡著了的狸貓，嚇得身子猛然一震。

「《大和屋金長傳》！是《大和屋金長傳》，差使兄！」

明明近在咫尺，鷹卻扯開嗓門大聲嚷嚷，良彥忍不住往後仰。

「《大和屋金長傳》……？」

「三本松阿園就是在那本書裡登場！」

看著鷹有著十足把握的表情，良彥越發不解，歪頭納悶。金長大明神望著良彥，暗自抱住比他更加發疼的腦袋。

开

大和屋的後側是用來晾桶子和染線的曬晾場，通風良好。由於這個地方只有家人或布匠才會進來，天氣好的時候，通常會打開面向曬晾場的紙門，讓屋裡通風。金長的窩所在的土倉離這裡很近，因此牠常跑來。奶娘和茂右衛門的妻子忙碌的時候，牠便和嬰兒一起在緣廊上悠閒地曬太陽。

那一天也一樣，正好有客人上門，茂右衛門的妻子和奶娘都離開，留下金長獨自照料嬰兒。說歸說，嬰兒的脖子才剛長硬，還不能自己動，只是在鋪好的棉被上開心地手舞足蹈，吸吮木製的玩具。

然而，和平的時間並未如往常那般持續下去。

不速之客的聲音和氣味，讓金長迅速地抬起頭來，撐起趴著的身體。不知是從哪兒跑進來的，一隻肋骨突出的黑毛野狗從染坊的方向緩緩走過來。牠雖然瘦，身體卻有金長的兩倍大，大概是因為肚子餓了，不斷流著口水。

別過來。

金長齜牙咧嘴，發出威嚇聲瞪著野狗。無力抵抗的嬰兒是野狗的最佳獵物。然而，野狗雖然因為金長的威嚇停步，卻又因為無法抗拒飢餓，再度朝著這邊走來。金長下了緣廊，主動迎擊，慢慢縮短與野狗之間的距離。必須把野狗從嬰兒身邊引開，最好的方法就是由自己來當誘餌。奶娘和茂右衛門的妻子應該很快會回來。雖然對手比自己龐大，但危險的時候，只要逃進野狗鑽不進去的洞裡或地板底下就行了——金長如此盤算，繼續發出威嚇聲。野狗對於毫無退卻之意的金長似乎也感到焦躁，露齒低吼。牠的體毛多有脫落，身上帶傷，一副身經百戰的模樣，但金長不能退縮。身為褓母，牠必須保護嬰兒。

雙方隔著些許距離怒目相視，好一陣子沒有動靜。牠們瞪大雙眼，用爪子抓住地面窺探情況，隨時準備撲向對方。

此時，一陣風吹來，立在一旁的小洗衣盆「咚」一聲倒下來。

同時，金長咬向對手的咽喉。

然而，野狗在千鈞一髮之際閃過，並用前腳給予金長強烈的一擊。金長被扯下的毛在陽光之中飛散。金長不甘示弱，咬向野狗的胸口，卻被對方立刻甩開，摔到地面上。正面交鋒果然沒有勝算——金長如此尋思，瞥了土倉的方向一眼，打算將野狗引出去。只要鑽進土倉旁的洞裡，野狗就無法追來了。不過，這麼做嬰兒便會落單，不要緊嗎？一瞬間的思索讓金長變得毫

無防備，而野狗並未放過這個大好機會。

後腳竄過一陣銳利的痛楚，金長不禁哀叫一聲。野狗的利牙深深地插進腿部，金長被野狗咬起來，用力一扔，撞上曬晾台的墊腳石。疼痛和衝擊讓牠喘不過氣，在逐漸朦朧的意識中，逼近的野狗牙齒看起來格外白皙。

牠不吃嬰兒了，要改吃自己嗎？

不知何故，金長極為冷靜地如此暗想。

不過，這樣也好。

如果這樣可以填飽牠肚皮的話。

拜託，放過那個孩子吧。

否則金長不知道該如何向茂右衛門謝罪。

不知道該怎麼向那些疼愛自己的人請求原諒——

在逐漸淡去的意識中，金長感受著野狗呼出的熱氣，隱隱約約聽見某人的尖叫聲。

「金長！金長，振作點！」

熟悉的聲音傳來，金長微微地睜開眼睛。自己似乎還留有一口氣，但是腳完全使不上力，全身像在燃燒一般滾燙。晚了幾秒以後，牠才察覺那是強烈的疼痛。

「腳傷得很嚴重，幾乎快被扯斷了……喂，拿手巾過來！」

有人答應，是女性的聲音，大概是茂右衛門的妻子。或許剛才的尖叫聲也是她發出來的。

模糊視野的焦點總算對上了，金長看到人類的腳。總是打理得乾乾淨淨的藍色夾腳帶草鞋——是茂右衛門的。

「那隻臭野狗！下次讓我看到，我就扒了牠的皮！」

從某處跑來的骯髒草鞋停在眼前，夾腳帶有多次重新接續的痕跡，是伊平。

「喂，茂右衛門！金長的情況怎麼樣？」

「好像還有意識，但我也不清楚。牠傷得很重……萬吉！不好意思，請你跑一趟松岡醫師家！」

「是！」

萬吉一答完話，便如一陣風飛奔而出。從家裡跑來的茂右衛門妻子與萬吉錯身而過，將藍染手巾遞給丈夫。

「金長，沒事了。」

頭上多出一股暖意。伊平以掌心溫柔地撫摸著金長的毛皮，安撫著牠。金長想回應，意識

與痛楚卻變得鮮明，牠難以承受地閉上眼睛。身體違反牠的意願，不斷抽搐。

「你是想保護孩子吧？害你受苦了。」

茂右衛門淚眼婆娑地用手巾裹住金長的身體，抱了起來。

「多虧你，孩子平安無事，毫髮無傷。」

金長再度睜開眼。變高的視線前端是被奶娘抱在懷裡的嬰兒，不知是因為現場的緊張感而察覺異狀，或是知道金長受了傷，整張臉哭得紅冬冬。見狀，金長終於打從心底鬆一口氣。

太好了，保住他了。

自己保護了他。

「金長，加油！再撐一會兒！」

金長聽著男人們的聲音，在極度安心感的包圍中，逐漸失去意識。

三

良彥打電話到商工會議所詢問藤井知不知道《大和屋金長傳》時，她顯然大為動搖。她追問良彥是如何得知的，良彥據實以告，說明自己讀過所有文獻都沒有三本松阿園，感到詫異，調查之後才知道岩田家曾有一本叫做《大和屋金長傳》的書。聞言，藤井似乎投降了，約好工作結束之後和良彥見面，告知詳情。

「這就是《大和屋金長傳》。」

在商工會議所附近的公園見面後，藤井拿出一本老舊的綠褐色線裝書，大出良彥的意料之外。

「咦？這是真貨嗎？」

良彥沒料到她會拿出書來，頓時慌了手腳。他聽說岩田家的書在戰爭中燒毀，所以認定世上已經沒有這本書。

「是我家傳下來的。這本書數量本來就不多，除了茂右衛門子孫家的和岩田家的以外，已經找不到現存的。那兩本書又在改朝換代期間遺失或被戰火燒毀，如今只剩下這一本。祖先交代不能給外人看，所以昨天無法向您介紹這本書，很抱歉。」

說著，藤井低頭道歉。良彥看得出她的誠意，知道她並不是惡意隱瞞。

「……三本松阿園就是在這本書裡出現的嗎？」

良彥詢問，藤井不再隱瞞，點頭承認。

「如果您已經看過，應該也知道《金長一生記》和《古狸金長義勇珍說》的內容大同小異。這本《大和屋金長傳》和《金長一生記》、《古狸金長義勇珍說》的內容也十分相似……所以跟您說話的時候，我不小心搞混了……」

面對自己的關鍵性失誤，藤井沮喪地垂下肩膀。倘若她沒有提到三本松阿園，良彥就不會感到詫異而繼續追查。

良彥五味雜陳地望著藤井，心裡有些過意不去地問道：

「三本書的內容都很像，代表了什麼意義嗎？」

書名不同，內容卻相仿，這在現代是匪夷所思的事，甚至牽涉到著作權的問題。不過，當時在這方面的認知想必比現在寬鬆許多。

「內容相似，很可能是根據同一底本抄錄而成。詳情我不能說明，不過我認為《金長一生記》和《古狸金長義勇珍說》的底本就是這本《大和屋金長傳》。」

那雙直視良彥的眼睛裡沒有絲毫懷疑。面對這股魄力，良彥在無意識間倒抽一口氣。

「……也就是說，那就是『阿波狸合戰』的原作？」

「可能性極高。」

藤井斷然說道，又垂下視線。

「只不過剛才我也說過，這本《大和屋金長傳》是不外傳的，不能直接給您看。要是事情鬧大，演變成必須公開的狀況，對我來說會很為難……」

藤井從掛在肩膀上的包包裡拿出夾著幾張紙的文件夾，遞給良彥。

「這是《大和屋金長傳》的翻刻。這個送給您，能否請您忘了這件事？您要把這個上傳到部落格或是給別人看都沒關係。」

自己是不是涉入太深了呢？聽她這麼說，良彥慌了手腳。要求良彥忘掉的《大和屋金長傳》，在她的心中究竟占有什麼樣的地位？

「我並沒有要在網路上或四處宣傳的意思——」

「我知道。不過，我只能做這麼多了……對不起，提出這麼任性的要求。」

收下吧——在黃金的催促下，良彥接過裝著翻刻的文件夾。

「最後我可以再問一個問題嗎？」

良彥詢問用包袱巾將《大和屋金長傳》包起來，小心翼翼地收進包包裡的藤井。

「為什麼要這麼保密到家？翻刻可以給我，代表並不是內容有問題，對吧？還是有哪個部分不能公開，您拿掉了那部分以後再翻刻的？」

經他這麼一問，藤井才猛然醒悟似地睜大眼睛。

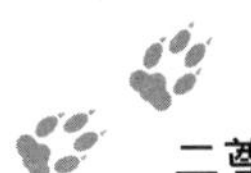



「不是的！我是照著所有內文一字不差地翻刻……只是不能讓您看原本。」

「看了眼睛會瞎掉之類的嗎？」

「倒也不是這樣。」

藤井對著如此打趣的良彥笑了一笑，帶著溫和無比的眼神說道：

「只是受人之託，忠人之事而已。」

目送藤井離開公園後，良彥對黃金使了個眼色。見狀，黃金回頭望著後方的楠樹開口：

「你以為沒被發現嗎？」

在屏息般的短暫空白後，金長大明神死了心，從枝葉間探出頭。來到這裡之前，黃金就說過祂自離開神社之後便感受到一股奇妙的氣息，果然是被跟蹤了。

「不愧是身為正神的方位神老爺……」

金長大明神從樹上爬下來，有氣無力地拍掉身上的葉子。

「不，就算不是黃金也會發現。打從我去找阿園的時候，你就一直怪裡怪氣的。」

良彥也察覺到祂的坐立不安，彷彿不希望被人知道《大和屋金長傳》的存在。由於太過明顯，良彥反而裝作不知情，沒想到祂居然跟蹤到這裡來，看來是真的很擔心。

「看來我的修為還不到家……」

脖子上圍著藍染手巾的半透明狸貓自嘲地笑了。良彥與黃金對望一眼，決定先聽聽祂的說法，勸祂在長椅坐下。

「祢跟到這裡來，有什麼打算？如果我拿到《大和屋金長傳》，對祢有什麼不方便的地方嗎？」

要求良彥盡量收集「阿波狸合戰」故事的明明是金長大明神自己。經良彥如此一問，祂一臉尷尬地抓了抓臉頰。

「沒這回事。只是我聽說《大和屋金長傳》不外傳，擔心造成對方的困擾……」

「祢認識藤井小姐？」

「也不知道算不算認識，她是後援會的人，經常來參拜，對我說過很多私事……雖然我知道差使兄應該不至於這麼做，但我擔心若是爾硬要奪書……」

「我才不會做這種事。」

「我知道，只是為了慎重起見……」

為了避免良彥不高興，金長大明神再三解釋祂只是為了預防萬一。

自己看起來有那麼凶狠嗎？良彥暗自回顧當時的自己。當時他睡眠不足，腦筋反而比平時

遲鈍許多。

「剛才，那個叫藤井的也說《大和屋金長傳》不能給外人看，是不外傳的。爾知道理由嗎？有什麼必須擔心良彥會奪書來看的理由嗎？」

腦筋比良彥靈光許多的黃金，直視著金長大明神的眼睛詢問。聞言，金長大明神噤口數秒，似乎在搜索言詞。

「……理由我知道，可是我不能說。受人之託，忠人之事。」

良彥與黃金面面相覷。祂的回答和藤井一模一樣。

「我唯一能透露的是，《大和屋金長傳》是第一個描寫我的故事。就某種意義而言，擁有這樣東西的藤井和我可說是同志。」

如此訴說的金長大明神露出了懷念之色。

「這次尾隨差使兄前來，意外得知那樣東西至今仍被珍藏著，我已心滿意足了。」

說著，金長大明神從長椅上站起來，重新轉向良彥與黃金。

「差使兄、方位神老爺，對於這次的無禮，我著實無從辯解。」

「啊，不，沒這麼嚴重。」

「倘若差事因此一筆勾銷，金長絕無怨言。請差使兄自行斟酌吧。」

說完，金長大明神深深地垂下頭，旋踵離開公園。被留下的良彥茫然地望著那小小的背影，視線再度垂落至手上的文件夾。

「第一個描寫金長狸的故事……」

莫非祂要自己找的其實就是這本書？不過聽祂的口氣，好像早就知道《大和屋金長傳》仍然存在，以及在誰手上。良彥從文件夾中拿出紙張，上頭機械性地羅列著藤井翻刻的文字。直到這時候，良彥才萌生了想看原本文字的純粹念頭。

描述金長狸的第一個故事，到底是用怎麼樣的筆觸來傳達祂的一生？

⛩

狸貓本來是夜行性動物，但以金長大明神為首的眾狸貓和人類一樣，夜間睡覺、白天活動。說是活動，其實也就是追逐昆蟲、相撲，或是在相鄰的球場上學人類打棒球而已。即使如此，祂們到了晚上便會想睡，而且個個都出奇地好睡。金長大明神悄悄穿過在神社裡或地上呼呼大睡的狸貓之間，爬到神社的屋頂上看月亮。

「《大和屋金長傳》啊……真懷念。」

祂依然清清楚楚記得這個書名誕生的那一天，書中描繪的故事至今同樣深植祂的心中。

「不過，我能夠守到什麼時候呢？」

金長大明神垂眼看著半透明的身體。自己不堅強點，就不能保護其他狸貓——祂一直這麼想，強自振作，但是今天看見那綠褐色的封面，突然灰心喪志起來。子孫仍在，書也仍在，但祂有時候還是好想當面詢問。

身為金長大明神，坐鎮於此，可有愧對自己的身分？

可以率領同胞，繼續當神嗎？

然而，能夠回答這個問題的人已經不在了——

「哎呀，金長老爺，怎麼了？」

鷹被睡相極差的熊鷹踹醒，察覺屋頂上的金長大明神，悄悄呼喚祂。

「那是月亮，不是饅頭。」

「我知道。我又不是祢。」

懷舊氣氛被破壞殆盡，金長大明神微微嘆一口氣，趁著依然不識相的部下還沒把大家吵醒之前回到神社。

一如這個地方還叫做阿波的時候，不變的月亮燦然照耀著所有狸貓。

⛩

良彥暫且回到京都，跑遍附近的圖書館收集金長狸的故事，但種類很少，有些甚至和他在德島找到的重複，數目並沒有顯著地成長。他也去舊書店碰運氣，可是收穫不如預期，於是他停止收集，開始詳讀手頭的民間故事集與翻刻影本。非白話文的文章依舊難讀，不過《大和屋金長傳》和《金長一生記》、《古狸金長義勇珍說》的內容大同小異，良彥很快就掌握了大意，也終於見識到三本松阿園是如何在大戰之中活躍，探查敵方總帥六右衛門的下落，向金長通風報信。挑選念給狸貓們聽的故事時，良彥可說是毫不猶疑。有許多精彩場面與帥氣對白的講談本固然令人難以割捨，但他細讀內文之後，在《大和屋金長傳》中找到了一段令他情有獨鍾的文字。

「——失去了愛徒鷹，金長失意地回到日開野，附在大和屋的夥計萬吉身上說道：『雖然我勉強撿回一條命，但六右衛門如此暗算我，斷不能饒。我和眷屬商量過後決定出兵征討，替鷹報仇。在出征之前，想先向茂右衛門恩公道別——』」

不過，要用什麼方式念給金長大明神祂們聽，可就傷透了良彥的腦筋。像說枕邊故事一樣

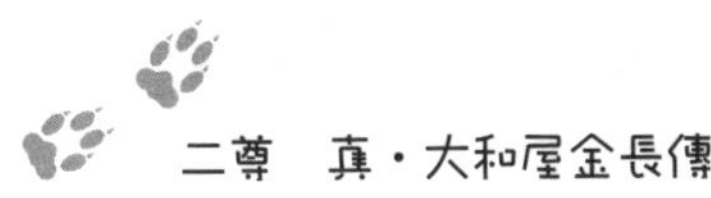


淡然念誦，只怕無法表達這個故事的精髓。

「『即使此生無緣再見，我絕不會忘記茂右衛門恩公的大恩。縱然身死，我的靈魂也會永遠守護這個家。』」

良彥在金長大明神的神社中安放坐墊，坐在上頭，並模仿反覆觀看網路影片學來的講談師語調，朗誦《大和屋金長傳》。

「茂右衛門說道：『金長，別去打仗了，永遠留在我們家吧。』然而，金長心意已決：『茂右衛門恩公，我必須和鷹的兒子一起報這個殺父之仇！』」

良彥一面拿著臨時以舊報紙製成的扇子打節拍，一面說故事。他無法將翻刻全數翻譯為白話文，只能看著小抄說大意，但對於狸貓們依然極富吸引力，神社裡可說是狸滿為患。最前排的狸貓甚至入迷到前腳緊攀著良彥坐墊的地步。

「啊啊啊金長老爺！金長老爺對我真是太好了……」

在故事中正要靠別人代為報仇的鷹，打從剛才就哭個不停，現在更是趴在榻榻米上嚎啕大哭，兒子們在身旁輕撫著祂縮成一團的背。表現得如此激動的狸貓可不只祂一隻。說到鷹被川嶋作右衛門殺害的那一幕時，狸貓們全都氣惱得翻跟斗、握拳捶打榻榻米，抱著鷹哭哭啼啼。

「祢不去旁邊聽嗎？」

坐在神社入口的黃金一面用尾巴應付小狸貓，一面詢問坐在身旁的金長大明神。

「在這裡就聽得很清楚了。差使兄的講談功力不差啊。」

金長大明神帶著柔和的目光喃喃說道。祂的眼睛像是在看著良彥，又像是在看著別人。

「祢對《大和屋金長傳》的內容有印象嗎？」

「當然有，畢竟是我的故事。」

金長大明神立即肯定黃金的問題。

「老實說，作者我也認識。」

「哦？狸貓和人相識？」

「哎呀，不見得是人啊，說不定是隻幻術高明的狸貓。」

金長大明神四兩撥千金，微微一笑。

「《大和屋金長傳》只有四本，其中一本原本要拿去賣給江戶的地本（註6）盤商，後來還是作罷了，因此並未大規模流通。」

良彥的即興講談終於邁向重頭戲。小鷹和熊鷹為父報仇，後來追趕敵方總帥六右衛門的熊鷹中了陷阱，自知命不久矣，咬舌自盡。神社裡再度充滿哭泣聲。

「之後，書名隨著謄寫而千變萬化，《狸珍說》、《金長年代記》等不勝枚舉，作者也懶得一一訂正。對於他而言……不，對於他們而言，比起書名，傳播這個故事更為重要，即使細節有些許變化也無妨。」

黃金用眼神詢問是什麼意思，金長大明神一臉抱歉地動了動耳朵，並帶著絕不妥協的目光說道：

「請方位神老爺也被騙到最後一刻吧。這是我的堅持。」

「——此時，六右衛門心一橫，挺刀一躍而出，直取金長。在長刀即將砍中金長之際，丈夫被六右衛門所殺的小鹿子，奮力抓住六右衛門的尾巴，將牠拉住！金長見機不可失，立刻撲向六右衛門，但六右衛門的長刀卻刺進金長的側腹！」

「金長老爺！金長老爺～！」

「可恨的六右衛門！」

註6：江戶時代出版的插圖小說的一種。

「田浦嘉左衛門與小鷹立即趕往一陣愕然的金長身邊。金長趁著小鷹制住六右衛門之際，舉起大石頭，朝著六右衛門的背部砸落！嘉左衛門趁機奪取長刀，砍向六右衛門的脖子，小鷹與小鹿子則是咬住六右衛門的腳！金長與小鹿子合力握住嘉左衛門遞來的長刀，終於砍下了可恨的六右衛門的腦袋！」

良彥一說完，社殿之內突然飄落各色彩紙，所有狸貓都站起來，歡天喜地地一起跳舞。

「差使兄也一起來吧！」

「啊，等等，欸！還沒講完耶！」

「金長老爺已經贏了啊！」

「話是這麼說沒錯，但回茂右衛門家受奉祀的那一段不用了嗎？」

「總之喝酒吧～！跳舞吧～！唱歌吧～！」

良彥被拉到突然開始的宴會中心，宛若坐著神轎般被扛進神社的黃金則是坐在他的身旁，袖尾巴上有一隻小狸貓。

「接下來的橋段是金長狸因為刀傷未癒而身亡，不說也無妨吧？」

不知從哪運來的酒桶，還有年輕狸貓雙手捧滿的零食。顏色、種類不一的碗和酒杯在狸貓互相傳遞之下，送到良彥他們手上。

「反正金長狸現在依然坐鎮在這座神社裡。」

大家異口同聲地呼喚：「金長老爺！金長老爺！」這座神社的主人金長大明神露出無奈的苦笑站起來，並拿起添滿酒的酒杯，高聲叫道：

「願狸貓與人洪福齊天！」

「洪福齊天！」

狸貓跟著齊聲唱和。之後，得意忘形的狸貓們戴上火男面具跳起阿波舞，良彥只能呆若木雞地望著祂們。

「狸貓與人啊……」

不久，他喃喃說道，仔細品味這句話，微微地笑了。

⛩

「我讀了收集來的故事以後才發現，原來我對於金長狸一無所知。如果沒有來小松島辦差事，搞不好我一輩子都不會知道。」

過了約兩個小時以後，大半狸貓都醉倒在榻榻米上。設法避開灌酒的良彥對金長大明神說道：

「祢要我收集『阿波狸合戰』的故事，應該也是為了讓我了解金長狸的故事吧？這樣一來，就多一個人記得金長狸。」

「哎呀，穿幫啦？」

金長大明神面露微笑，毫無慚愧之色。

「差使兄多讀一個故事，我們就能多活一些時日。若爾能向親朋好友廣為宣傳，就更加感激不盡了。」

「攸關存活的宣傳活動？日子真不好混啊。」

「無可奈何，我們只有這個辦法。」

從江戶到明治、從明治到昭和初年，金長狸的故事在日本各地流傳，現在卻僅有德島小松島市的這座小神社。祂的英勇事蹟已逐漸風化了。

「不過，我不能就這樣放棄。無論如何，身為金長大明神的我都要繼續守護這些狸貓同胞與這個傳說。」

金長大明神如此立誓，眼裡帶著悲壯的決心。

「……然而，老實說，近年來我的力量越來越衰退，身體也逐漸透明。每當看見方位神老

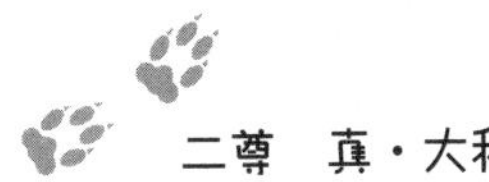



爺這樣的正神就會失去自信，懷疑自己是否真的有資格被供奉在神社裡。」

小鷹代替喝得醉醺醺的鷹隨侍於金長大明神身側。根據《大和屋金長傳》，金長狸過世之後，祂成了第二代金長。自此以後，大和屋代代受到狸貓保佑，每天前往大和屋門前的神社參拜金長大明神的香客絡繹不絕。

「神明與人是互相扶持的吧？」

良彥說出這句如今已能順口說出的話語。

「既然是凡人奉金長狸為神的心意讓祢們顯靈的，祢又怎麼會『沒資格被當成神明供奉』呢？」

金長大明神瞪大的雙眼反射著春光，微微濕潤。

「祢只要端出金長大明神的派頭，從容不迫地坐鎮在這裡就行了。」

良彥拍拍金長大明神的背鼓勵祂，又突然想起一事，把放在神社角落的幾張紙拿過來。

「這是剛才講談的《大和屋金長傳》白話文翻譯版本。我是憑感覺意譯的，所以有些地方可能不太正確就是了。」

良彥翻著因為反覆閱讀而變得皺巴巴的紙張給金長大明神觀看。

「這次收集了各種『阿波狸合戰』故事，最後決定要念這一篇，是因為我很中意這個部分。本文最後的終章？後記？我不知道這個叫什麼。」

「有這樣的文章嗎……？」

金長大明神似乎沒有印象，有些困惑地歪了歪頭。良彥念出那個部分：

「——至今，奉祀金長狸的神社依然有許多人參訪，金長的存在並未被人遺忘。但願牠能夠長留在人們的心中。即使我的生命走到盡頭，即使神社破敗腐朽，也有人繼續將這個故事流傳下去……」

接著，良彥念出最後一段文字。

「如何？金長，這樣的一生挺精彩的吧？」

描述金長狸的故事雖然種類繁多，但如此喊話的只有這一篇。良彥不知道這個作者與金長大明神是什麼關係，不過，他確確實實從字裡行間感受到溫暖的愛。

「欸，祢和這個作者是什麼——」

良彥正要詢問，卻因為目睹金長大明神默默落淚的模樣而打住了。

「金長……」

在良彥如此呼喚的瞬間，金長大明神的身體發出一陣耀眼的光芒，將周圍照得一片皓白。

「咦？什麼？這是什麼光啊？」

良彥忍不住用手臂擋住眼睛，不久，光芒逐漸消失，他才戰戰兢兢地放下手臂。光芒似乎是從金長大明神的腹部散發出來的，是錯覺嗎？良彥一面如此暗想，一面望去。

「……金長……大明神……？」

只見一隻身體輪廓清晰，擁有黑色、褐色蓬鬆毛皮的狸貓，呆若木雞地佇立。從身形判斷，正是剛才所見的金長大明神。但原本可透過半透明的祂看到的景色，現在卻被存在感十足的毛皮遮住了。

「祢是金長大明神吧？咦？為什麼？不再是半透明了！」

到底是怎麼回事？良彥交互看著黃金與金長大明神，金長大明神則是像對待寶物般慢慢地拿起良彥念誦的那張紙，並用自己的眼睛再度閱讀一次，緊緊抱在胸口，抖著肩膀哭泣。

⛩

當金長回過神來，發現自己身在大和屋所在的馬路一隅。仔細一看，種在長屋旁的凌霄花藤蔓長長了，幾乎快覆蓋入口的拉門。現在距離開花期還有一個月，但面向大路、日照最充足的地方已經綻放一朵漂亮的紅花。看見這朵花的瞬間，金長突然感到不安，抬起了鼻頭。待扛著扁擔的行商通過之後，牠走著熟悉的路徑趕往大和屋。

身體莫名輕盈，不知是不是錯覺？金長怎麼也記不起自己為何待在那個地方。深藏青色底、白字的大和屋店門布簾映入眼簾，金長加快了腳步。店東側的板牆有一個金長能通過的洞，茂右衛門用牽牛花盆栽擋著，從外頭看不出來。金長穿過盆栽之間鑽進洞裡，聽見一道啜泣聲傳來，不禁動了動耳朵。

「為什麼會發生這種事……」

是伊平的聲音。

「要是我早點發現就好了……」

「不是少爺的錯……」

茂右衛門與萬吉的聲音也接著傳來，金長終於鬆一口氣，小跑步奔向聲音的來源，但牠的腳步在土倉映入眼簾的時候倏地停下來。牠的窩附近有個隆起的小土丘，上頭插著點了火的線香，旁邊還供奉著兩顆枇杷，熟悉的親朋好友佇立於周圍。看見這幅景象，金長立刻明白那是誰的墳墓。

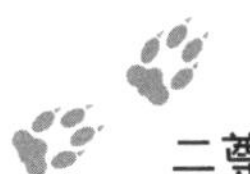


——原來如此。

自己死了啊？

難怪身體變得莫名輕盈。循著逐漸復甦的記憶，金長這才發現自己明明被野狗咬成重傷，身上卻沒有半點傷痕，大概是因為脫去身體這副皮囊吧。和人類相比，獸類的壽命較短，牠知道這一天一定會來臨，但如今面臨這一刻，心頭卻是震撼無比。

不是因為自己短暫的一生結束了。

而是因為有人為了自己哭泣。

為了這種微不足道的獸類，淚濕衣襟。

「這麼好的褓母，打著燈籠也找不到了……」

茂右衛門喃喃說道。

「可是我……我卻沒能為金長做任何事……」

說著，茂右衛門的肩膀開始顫抖，金長連忙奔向他。

沒這回事，是茂右衛門救了父母雙亡、險些被殺的金長。茂右衛門對牠恩重如山，完全無須內疚。

聲音無法傳達，讓金長好生心急。

就算發出叫聲，告訴他們自己就在這裡，他們也聽不見了。

「如果是假的多好……人家不是說狸貓會裝死嗎？」

蹲在地上的伊平如此嘆道。聞言，淚眼婆娑的茂右衛門露出不快的表情。

「別說這種話，會害我想挖出來確認。」

「如果這是幻術，該有多好？現在承認的話，我還可以笑著原諒你喔，金長。」

茂右衛門一面拭淚，一面凝視對著墳墓聲聲呼喚的伊平。收留金長的是茂右衛門，但伊平同樣照顧牠。討厭在人前掉淚的他現在拚命眨眼，以免眼淚掉下來。

「……光是一抔土，未免太冷清了，不如立個小墓碑，刻上金長的名字吧。」

不久後，萬吉如此說道，茂右衛門點頭贊同。

「就這麼辦。不過碑石不能太小，要足以刻上碑文說明牠是一隻多麼忠義的狸貓才行。這是我們唯一能夠替牠做的事。」

「可是，少爺，這未免太……」

「不行嗎？」

「只怕老爺不會給好臉色看……」

聽了萬吉這番冷靜的話語，金長暗自苦笑。主人胡來時適時阻止，是他這個帳房的工作。

「……那倒是。如果老爺子已經不在人世倒也罷了，他現在還是大和屋的幕後老闆，若在院子裡放一塊大墓碑，他鐵定不會給好臉色看。就算是替他保住孫子的狸貓……」

蹲在地上的伊平喃喃說道，一面撫平衣服上的皺褶，一面緩緩站起來。

「不過，我也想為金長做些事情。」

「那要怎麼辦？你有什麼主意嗎？」

茂右衛門問道，伊平撫摸下巴，露出思索之色。

「……不如寫個故事吧？」

提出這個建議的是萬吉。

「狸貓變身騙人的故事很多，可以寫個金長的故事說給孩子聽，傳誦下去，讓大家知道原來也有這麼好的狸貓。」

「……這個主意是不壞，不過，紺屋養的狸貓的故事會被傳誦下去嗎？保護嬰兒不被野狗傷害確實是段佳話，但大眾喜歡的是更加高潮迭起的故事吧？」

茂右衛門板起臉孔沉吟，身旁的伊平宛若收到天啟似地瞪大眼睛。

「就是這個！就是這個，茂右衛門！」

伊平抓住兒時玩伴的雙肩用力搖晃，濕潤的雙眼如同小孩般閃閃發亮。

「只要寫成一部氣勢磅礴、足以流傳千古的大作就行了！金長的義勇傳！」
「你、你在說什麼？伊平，你是要散布謊言嗎？」
「才不是謊言呢！只是稍微誇大一下。我們要代替金長『蠱惑世人』！」
茂右衛門和萬吉一臉訝異地面面相覷，伊平又興奮地繼續說道：
「我們要寫的不是那種讓人悲傷不幸的幻術傳奇，而是要讓金長的事蹟流傳千秋萬世的故事。讓聽眾無不動容涕泣，感嘆怎麼會有如此忠義的狸貓！」
「比如說？」
「這個嘛，比如說……大和屋赫赫有名的金長狸……踏上了旅程！」
伊平來回踱步，比手畫腳地說道。
「在阿波國，有一群狸貓持有會浮現仁、義、禮、智、忠、信、孝、悌等文字的數珠，金長要找牠們幫助自己救出被壞人囚禁的大和屋主人！」
「喂喂喂，那是《八犬傳》吧？還有，別隨便把我變成階下囚。」
「不然這樣好了，為了報恩，金長要出去修行！」
「去哪裡修行？」
「那還用問？當然是去狸貓總帥的門下修行。」

「總帥，那就是……屋島嗎？還是伊予？」

茂右衛門歪頭思索，默默聆聽的萬吉突然靈光一閃。

「……是不屬於這兩邊的狸貓，而且那個總帥其實是個大壞蛋！」

「說得好，萬吉！對，所以金長就被捲進麻煩裡。不過牠依然貫徹自己的忠義，克服同胞之死的傷痛，再次回到大和屋，為了向你報恩！」

一頭霧水的茂右衛門愣在原地，眨了眨眼。見狀，伊平再度抓住他的雙肩。

「聽好了，茂右衛門，能夠弔祭金長的只有我們。既然牠是狸貓，就要拿出狸貓的本色，把人類騙得團團轉以後再前往陰間！我們一定做得到！」

金長比茂右衛門更加目瞪口呆地看著眼前的狀況。自己究竟得前往何方、被捲入什麼風波之後再回來？

「……好吧。」

茂右衛門無奈地嘆一口氣，有些傻眼地笑了。

「這是我們所能送牠的最後一份餞別禮。」

男人們相視而笑，表情宛若想到惡作劇點子的小孩。

伊平擬定大綱，細部設定則是出於萬吉之手。伊平的故事雖然情節大膽，卻容易流於粗略，一板一眼的萬吉創作的狸貓們正好彌補這個缺點。茂右衛門每天都會詳讀當天寫好的部分，只要故事中有一丁點不符合金長作風的情節，便會毫不容情地要伊平重寫。

「首先，金長這隻狸貓為何會變得如此忠義？這是重點。這是因為牠的父親是個品行不端的小人，牠向來引以為鑑。」

「從這裡開始寫？前言未免太長了吧。」

「怎麼？萬吉，你不滿意這個被附身的角色啊？」

「倒也不是不滿意，只是不明白為何不能是精明能幹的人？」

「太過精明能幹，要怎麼被附身啊？」

「欸，伊平，茂右衛門這個名字要不要改成茂十郎？這樣比較帥氣吧？」

「你在胡說什麼？大和屋的茂右衛門怎麼可以消失！這樣金長會不知道該找誰報恩！」

金長在近處悄悄看著夜夜計議的男人們。雖然牠已經不在人世，但他們還是會談論自己在世時的往事，讓牠十分高興。

如此這般，在定名為「大和屋金長傳」的故事完成架構時，大和屋來了一位客人。

「打擾了。」

手上提著包袱、帶著一名男僕出現在店裡的，是在鄰町經營水粉雜貨店「金魚」的阿園。平時聽見的都是她出手如何闊綽的傳聞，今天她卻穿著色調十分樸素的小紋和服。

「原來是老闆娘，今天有何貴幹？」

萬吉上前招呼，茂右衛門也隨即察覺，走進店裡。

「……聽說這裡的狸貓死了，是真的嗎？」

阿園壓低聲音詢問露出待客用笑容的茂右衛門。

「能不能讓我上柱香？牠對我有恩。」

與茂右衛門一起來到店裡的金長，這才察覺她為何選擇樸素的和服，鼻頭不禁暗自發酸。

金長的死訊很快地傳遍附近，平時疼愛牠的人們都帶著鮮花和食物來祭奠，阿園也在墓前供奉她帶來的菊花與饅頭，合掌祭拜，並將裝了奠儀的包袱交給茂右衛門。

「不不不，老闆娘，這我不能收！」

「沒關係，收下吧。送金子給這個町裡最大的紺屋老闆或許很失禮，但今天我就是為了這個而來的。」

「可是……」

「我說過了吧？金長狸對我有恩。老實說，我請牠占卜該向誰批貨時，我們店裡已經是捉襟見肘，要是失敗，我就必須賣掉從祖父那一代傳下來的店。這是我的謝禮。」

茂右衛門依然堅辭不收，阿園索性把包袱硬塞進他的手裡。此時，另一個人像是算準時機似地出現了。

「我聽到你們說的話了。」

飄然插入兩人之間的是伊平。這陣子，他致力於撰寫《大和屋金長傳》，直接住在大和屋裡，沒有回家。茂右衛門的妻子還有點擔心他會不會就此賴著不回去。

「沒想到妳如此疼愛金長，還有顆有恩必報的忠義之心，不愧是『金魚』的老闆娘。」

「伊平，你一插嘴事情就會變得更複雜，別多嘴。」

「哎，等等，茂右衛門，現在正要進入正題。老闆娘，給金長的奠儀可以請妳用身體來支付嗎？啊，我不是要拜託什麼奇怪的事。」

老闆娘一臉狐疑地瞪著伊平，伊平為了討好她，邊鞠躬哈腰邊繼續說道：

「金子就不用了，我想拜託妳更要緊的事。這是名震阿波，不，是名聲傳遍整個四國，甚至遠播京阪的『金魚』老闆娘才做得到的事。」

他到底想說什麼？茂右衛門和金長忐忑不安。伊平把他們三人祕而不宣的《大和屋金長

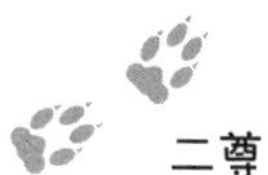



傳》計畫告訴阿園，並說明這是他們弔祭金長的方式，目的是讓金長這隻狸貓的事蹟流傳萬世。

「故事已快寫好了。當然，這取決於我的執筆速度……不過，就算故事寫好了，若是不能傳播出去就無法達成我們的目的。雖然大和屋的客人也不少，但宣傳窗口總是越多越好。」

「換句話說，你要我幫忙散播這個故事？」

阿園終於明白伊平的言下之意，抬眼瞪著他。

「喂，伊平，你別強人所難。」

茂右衛門抓住伊平的肩膀制止他，金長也在腳邊七上八下地仰望著兩人。人家是做生意的，不能提出這種無理的請求。

「要是出了什麼差錯、破壞『金魚』的名聲該怎麼辦？我們可賠不起啊。」

「只是散布狸貓的謠言，怎麼會破壞名聲？」

「你就是這樣粗枝大葉的，故事才會寫得虎頭蛇尾。」

「這是兩碼子事！」

「好，我答應。」

老闆娘英氣凜凜的聲音穿過爭論的兩人之間。

「咦……您是說真的嗎？」

茂右衛門困惑不已，阿園對他微微一笑。

「女子一言既出，駟馬難追。不過，我有個條件。」

接著，阿園提出了條件。她認為光靠謠言或口傳，或許不日便會消失，因此她要求裝訂成書。若是想廣為流通，她可以介紹熟識的地本盤商。

「還有一個條件。」

阿園豎起食指，帶著少女般的表情說道：

「把我寫成金長狸的戰友，讓我出現在故事裡。」

一想起此時茂右衛門和伊平的表情，金長總是忍不住發笑。

如此這般，伊平臨時加了一隻新狸貓，寫成《大和屋金長傳》；並立刻製作三本抄本，分給茂右衛門、萬吉與阿園。同時，茂右衛門也說服了父親——墓碑不吉利，不過神社倒是無妨——給金長冠上「金長大明神」這般顯赫的名號，外加正一位神明的招牌，供奉在大和屋門前。舞台準備好之後，茂右衛門等人便以確實但絕不誇張的方式，不著痕跡地對店裡的客人和朋友宣傳金長的故事。大家原本就知道大和屋有隻狸貓，現在聽說那隻狸貓背後其實還有那樣的故事，全都大為瘋狂。那陣子，前來金長大明神的小神社參拜的香客絡繹不絕，還有人謠傳只要在這裡參拜，就不會被狸貓捉弄。故事在加油添醋的狀況下廣為傳布，成為講談的題材之後，不只阿波，更是風靡了整個四國，進而散播到全國各地。

透過凡人之手成為神明的金長在男人們老死之後，依然繼續為神。繼續當他們期望的大明神。

⛩

「那段跋文太卑鄙了，伊平……」

金長大明神面帶苦笑地望著自己輪廓清晰的身體。良彥中意的那段文字，是伊平在金長不知情的情況下增添的，祂直到今天才知道那段文字的存在。

「害我想起了往事。」

其他狸貓的身體也變得和正常狸貓一樣，因為祂們全都和「阿波狸合戰」的創作動機金長狸相關。沒有金長，就沒有其他狸貓——大概是這個道理吧。

「不過，這應該是暫時的吧。」

要不了幾天，狸貓們的身體八成又會變回半透明狀態。祂們是在人類的創作下誕生的，無可奈何。

「話說回來，金長老爺，這麼做好嗎？」

小鷹悄悄地詢問。祂也同樣因為身體突然變得清晰而驚訝。

「不跟差使兄說出事實……」

良彥見金長大明神突然發光之後，便從半透明轉為清晰，驚訝不已。情急之下，金長大明神推說是「許久沒聽見作者這句話，一時感動」，但是看良彥的表情，顯然有所懷疑。不過，金長大明神還是在宣之言書蓋上朱印，再三道謝，打發他回去了。

「雖然對差使兄過意不去，但我必須守住這個祕密。」

或許方位神察覺了什麼。以方位神之能，只要想查一定查得出真相。即使如此，金長大明神還是不能主動揭穿。這是祂對他們的誠意。

「我似乎遠比自己所想的更沒自信。」

金長大明神輕輕觸摸圍在脖子上的藍染手巾，面露苦笑。有同胞，有那三人的子孫，《大和屋金長傳》也還留存著。知道祂的人雖然隨著時代變遷越來越少，但至少在本地祂依然深受喜愛。然而，不安從逐漸綻開的心靈裂縫中滲出，令祂不禁質疑自己能否回報將祂拱上神明之

位的人們。

——如何？金長，這樣的一生挺精彩的吧？

這句話宛若醍醐灌頂。

何必那麼緊張兮兮呢？

縱使時代改變，但還是有些事物留存下來。

還是有些事物傳承於人心。

金長大明神是一尊苟延殘喘、朝不保夕的神明。

全賴他們才能生存。

該腐朽的時候自會腐朽，該消失的時候自會消失。反正只是創作出來的神明，何不享受當下？

他們三人彷彿正對自己這麼說。

「請恕我大膽直言。我們確實是依附金長老爺而生的，但我們身為同胞，也希望能為金長老爺出一份力。最近金長老爺總是無精打采，家父一直很擔心。」

聽了小鷹這番話，金長大明神猛然醒悟，望向在榻榻米上躺成大字形的鷹。或許勸自己放輕鬆一點的祂，一直以來都明白自己的心思。

「請多依靠我們吧。我想，茂右衛門老爺他們一定是為了幫助金長老爺繼續留在人間為神，才造出我們這些狸貓。」

祝野逐漸模糊，金長眨了眨眼忍住淚水。不知不覺間，祂把一切都攬在心裡，獨自承受。雖然茂右衛門、伊平和萬吉都已不在人世，但自己還有繼承他們血脈的子孫、傳承下來的故事，與始終和自己同在的同胞。

「……是啊，我並不孤單。」

金長摸了摸小鷹的頭，小鷹癢得縮起肩膀。被任命為第二代金長的祂，大概也有祂自己的想法吧。

「好，六右衛門差不多該來了。見身體突然變得清晰，祂應該也很驚訝。」

金長大明神帶著一掃陰霾的表情，用丹田發聲，叫醒仍倒在榻榻米上的同胞們。

「趁著記憶鮮明的時候，進行模擬合戰！快起來收拾！」

聽到首領的聲音，狸貓們紛紛開始動作。有的狸貓直到此時才發現身體的變化，引發一陣小騷動。這時，有個香客帶著還在蹣跚學步的幼兒來到拜殿之前，絲毫沒有察覺社殿中的喧鬧。瞬間，狸貓們全都停下手邊的事，面向香客合掌致意。

聽小巧的手掌演奏出的無邪拍手聲，不知是誰喃喃說一句：「祝你洪福齊天。」

⛩

「謝謝您的幫忙。」

雖然心中仍有疑惑，但獲得朱印以後，良彥便離開金長大明神的神社，並在返回京都之前再次前往商工會議所拜訪藤井。離開神社時，黃金還和良彥在一起，後來祂說要去辦點事，便消失無蹤。

「多虧您把不外傳的書借給我看。」

「不客氣，我很高興能幫上您的忙。」

來到大廳與良彥見面的藤井戴著平時的黑框眼鏡，穿著尺寸不合的外套。良彥的個子並不算高，但和身材嬌小的她站在一起，有種自己長高了的錯覺。

「呃，有一件事我很好奇。」

良彥說出原本想問金長大明神卻沒問成的問題。

「寫《大和屋金長傳》的人和金長狸是什麼關係？」

良彥正要問這個問題時，金長大明神突然開始發光，半透明狀態也跟著解除，變回普通的狸貓。良彥追問是怎麼回事，祂只是連珠炮似地說什麼「一時感動」、「多虧了差使兄」之類的話，一再向良彥道謝。看金長大明神哭成那副模樣，對於那段文字想必懷有特殊感情。到最後，良彥還是沒機會詢問詳情。一想起祂反覆閱讀文章、緊緊抱在胸口的模樣，良彥也無意追問下去。

「唔，這個嘛……」

藤井盤起袖子捲起的手臂，露出思索之色。

「我也不知道。不過這樣也好，希望您能一直思考這個謎題，一直記得金長狸。」

聞言，良彥的胸口湧上一股暖意。沒錯，最重要的是讓祂以金長大明神的身分繼續坐鎮於那座神社。

「……我有點明白祂為什麼說藤井小姐是同志了。」

良彥想起金長大明神所說的話，暗自低語。只要人類沒忘記祂，祂就能在那裡和狸貓同胞們一起度過每一天。

「我也會跟家鄉的朋友說金長公的故事，希望能讓更多人知道。」

「好的！那就拜託您了。」

日光投射影子在混凝土地上，宣告夏天即將來臨。行道樹的蒼翠綠葉也微微搖曳著。

⛩

「藤井小姐，這是明天會議的資料……」

目送良彥離去以後，在自己座位上瀏覽「阿波狸合戰」資料的藤井聽見同事的聲音抬起頭來。手上拿著檔案夾的同事窺探藤井手邊的資料後，露出啼笑皆非的表情。

「又是狸貓？妳真的很喜歡狸貓耶。」

「有什麼關係？金長神社後援會也是我的工作啊。」

「哎，那倒是。」

「再說，傳布狸貓的故事，是我們家祖傳的家訓。」

「什麼跟什麼？」

同事面露苦笑，將會議要用的資料遞給她，並往自己位於隔壁的座位坐下來。

「藤井小姐的家一直都是在小松島嗎？所以對狸貓有特別的感情？」

「是啊，我們家自江戶末期以來一直都住在小松島，更早以前就不清楚了。我好像有個祖先是沒有名氣的作家。」

「就是上次妳說找到日記的那位祖先？日記解讀了嗎？」

「他晚年想起從前的年少輕狂，寫了很多事，不過好像沒有反省之意就是了。」

藤井打趣道，和同事低聲笑出來。

同事在上司的呼喚下離席以後，藤井從抽屜裡拿出用包袱巾裹住的《大和屋金長傳》。雖說不外傳，但還是有例外的時候。她打開最後一頁，只見上頭用有些潦草的毛筆字寫著一段得意洋洋的文字。

「——如何？金長，這樣的一生挺精彩的吧？」

藤井小聲念道。不過，這段文字上有兩個直徑約兩公分左右的圓形水漬。藤井把手指放在水漬上頭，微微一笑。

「我信守約定了。」

從江戶末期至明治初年，籍籍無名的作家祖先在晚年留下的日記之中描述了撰寫《大和屋金長傳》的過程，並提及地本盤商有意出版，自己卻以並非為了賺錢而寫為由拒絕的經過。看來祖先雖然窮困，卻有一套堅持的原則。別的不說，光看他為一隻自己命名的狸貓付出如此龐大的心血，便可知其中的感情有多麼深厚。現在藤井手上的，似乎是他最初寫成的作品，在裝訂成書、重新閱讀之際，因為過於感傷而不禁落淚。太丟臉了，希望子孫嚴密保管——書裡

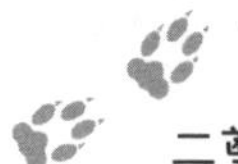


還附上這段文字。寫下「如何？金長」等文字的是他，事後讀了感慨落淚的也是他。該怎麼說呢？這個祖先的性子真是彆扭啊。

「對不起，不能告訴你真相。」

藤井想起良彥，悄悄地道歉。

「不過，這是三人一狸的世紀大騙局。」

她的祕密告白沒有被人聽見，消失在辦公室的雜音之中。

「藤井課長，二線有您的電話。」

聞言，藤井立刻換上了上司的臉孔。雖然今年就要邁向四十歲，但她到現在還是常被誤認為高中生。因為這副外貌與熱愛狸貓的個性，同事常打趣：「被藤井小姐的幻術給騙了。」

不過，她其實挺喜歡這種說法。

有朝一日，這應該也會成為另一種幻術傳奇吧。

⛩

在返回關西的巴士上，良彥思考了許久。不知幾時間歸來的狐神坐在窗邊的座位上，屁股朝著良彥，出神地望著窗外的景色。雖然臉孔不時被祂那隨興擺動的尾巴撫摸，良彥依然繼續思索著。

「欸，金長大明神和《大和屋金長傳》的作者是朋友嗎？」

良彥抓住在眼前輕輕晃動的尾巴，詢問尾巴的主人。

「突然問這個做什麼？」

「不，我想了很久，就是想不通。人類要怎麼寫出狸貓打仗的故事啊？如果沒去問參戰的狸貓詳細經過，絕對寫不出那些內容吧？合戰應該是真的發生過，可是人類和狸貓又不能溝通……」

黃金從良彥的手中搶回尾巴，無奈地嘆一口氣。

「你完全著了他們的道。」

「唔？」

「從前的凡人是否想過這一節，不得而知。不過，金長的名字流傳至今，代表他們的計畫成功了。」

「唔唔？」

「我心中有些疑惑，所以方才去問過日峰的精靈……哎，你無須知道。不過有一點我倒要訂正。」

黃金擱下滿臉問號的良彥，繼續說道：

「金長大明神並未獲封正一位這句話，我姑且收回吧。」

「啊？」

「至少祂們有這等價值。」

「等等，咦……什麼意思？」

世紀大騙局在狸貓與人類的蓄意操作之下，仍繼續流傳下去——

要點

神明講座 2-1

## 作品中登場的文獻真的存在嗎？

抄錄口傳的「阿波狸合戰」而成的早期文獻是《金長一生記》、《古狸金長義勇珍說（乾・坤）》與《近年古狸珍說》。本書提及的兩作，目前收藏於四國大學附屬圖書館，《近年古狸珍說》則是收藏於德島縣立圖書館。然而，《近年古狸珍說》只有義、禮、智三卷，前半部分付之闕如，這一點也成了伊平嚮往《八犬傳》的靈感來源。講談本《實說古狸合戰・四國奇談》三部曲則可在國立國會圖書館的數位館藏區閱覽。《大和屋金長傳》是虛構的，並不存在，不過救了金長狸的茂右衛門先生是實際存在的人物，現在仍有子孫，大和屋這間店也確實存在過。

※德島縣立圖書館也有收藏《古狸金長義勇珍說（乾）》，但是缺了坤卷。

## 這麼說來，三本松阿園並不存在囉？

阿園是虛構的，不過正如作品中所述，「阿波狸合戰」中登場的狸貓和狸貓名字往往因故事版本而異。實際上，小松島的車站公園有一尊名叫「一本松阿竹」的母狸石像，但是上一頁介紹的各個文獻之中都沒有提到這隻母狸。除此之外，狸貓「田浦嘉左衛門」的石像名字變成「田浦太左衛門」，還追加了軍師、北辰一刀流高手等新的設定。口傳故事沒有固定的原作，或許「阿波狸合戰」還會繼續進化下去。

《大和屋金長傳》雖是虛構的，茂右衛門的子孫代代相傳的文獻卻是真實存在。「阿波狸合戰」的真相究竟是……？

## 三尊　世事多變，唯神不變

一

從應慶邁入明治之後，宅院主人因為諸多緣由移居東京，但他並沒有放棄大阪郊外這座占地廣大的宅院，而是留了些下人看守打理，以便自己可以不時回來。他很喜歡自宅院內可見、借景群山打造而成的庭園，僱用工匠精心設計的天花板和窗框等裝潢也令他難以割捨。更重要的是，現在別院裡住著一位有緣相識的朋友。為了這位無依無靠、無處可去的朋友，他必須留下這座宅院。

「聽說山縣有朋是第二次組閣。」

端茶過來的老婦人聊起這個話題。山縣有朋以第九代內閣總理大臣之姿再度站上內閣中心的標題，躍然於和室書案的報紙上。不過她其實沒念過書，並不識字，只是大家從一大早就在談論這件事，她才拿來當話題。

「記得伊藤博文也當了三次？太難的事我不懂，原來總理大臣是可以當好幾次的啊。」

和室裡，一名剃了光頭的老年男子正忘我地在地板的紙上揮毫，也不知有無察覺女人入內。不，或許對他而言，這種瑣事根本微不足道。

雖然比不上主院的庭園，但是別院的小庭園也是依據主人的喜好打造而成，有池塘、燈籠，十分氣派。不知是不是撒了米，庭園裡可見幾隻麻雀在玩耍，手持畫筆的男人似乎就是在畫這些麻雀。

「你在那邊看不到吧？」

女人勸老年男子靠近一點，但他只回一句「這裡就行了」。他的聲音之中並沒有不耐煩或拒絕之色，而是純粹地樂在其中。

「可是……」

「他都那麼說了，就這樣吧。」

不知幾時間到來的總管，從敞開的紙門彼端探出頭來制止女人，並笑容可掬地勸老年男子享用自己端來的點心，之後便帶著女人離開了房間。

「妳別管東管西的，隨他去吧。」

在返回廚房的路上，總管低聲對女人說道：

「反正他幾乎看不見了。」

聽說這家店原本是要取名為「燈明」，意為期盼它成為聚集在這裡的人們的小小希望之光。但周圍的人嫌這個名字古板又不起眼，甚至還有人戲稱豆苗切斷以後仍會再生，很划算（註7），幾經思考以後，才定名為現在的「BOZU in Bar」。

「大家根本不知道我是花了多少心思才想出來的，都說我取這個名字是打安全牌、沒創意。」

孝太郎一面聽著這番話，一面在吧檯裡調製客人點的雞尾酒。說歸說，他已經聽過好幾次了，所以一半是左耳進、右耳出。

「我覺得不錯啊，淺顯易懂。」

「是啊，看了店名就會猜想店裡是不是有和尚。」（註8）

店裡只有五人座的吧檯和兩張四人座的桌位，傍晚六點開張、十一點打烊，大約過了八點位子會漸漸坐滿。今天也一樣，下班回家吃完飯後才來的女性雙人組正在和副店長談天說笑。

「聽兩位這麼說，我真是太欣慰了。沒有把店名取成『八大地獄』，已經該稱讚我啦。」

在孝太郎身邊說著這番話的，是孝太郎自東京的大學畢業、回到這裡以後認識的川島信定

（nobusada）。他大孝太郎兩歲，僧名雖然亦是「信定」，但採音讀念作「shinjou」。他預定繼承老家的佛寺，身穿作務衣，剃光的腦袋閃閃發亮，是個如假包換的天台宗僧侶。

「久等了，這是『色即是空』和『蓮花』。」

孝太郎一面留意別打斷談話，一面將以藍柑橘酒為基底調成的淡藍色雞尾酒，和雖以蓮花為名實則是用櫻花利口酒調成的雞尾酒放到兩位女性面前。順道一提，雞尾酒的名字是信定和店長取的，並非孝太郎。兩名女性開心地叫著：「好漂亮喔！」立刻拿出智慧型手機拍下色彩繽紛的酒杯，接著互相乾杯。聽兩人大讚好喝，孝太郎再次露出待客用笑容。

據說，起初是淨土真宗的僧侶快真，提議設置一個任何人都能來輕鬆小酌、順便傾吐煩惱的場所。於是快真與朋友信定合夥，在去年開設這間店。正如同店名「BOZU in Bar」所示，這裡還有贊同這個理念的其他宗派比丘尼或僧侶擔任店員、輪班出勤。店裡擺設了以感謝祖先與佛祖為名的無宗派佛壇，以及客人帶來的迷你洋酒、象頭神像、金剛杵及十字架。莫說宗派，連宗教都是五花八門。牆上掛著曼陀羅圖與空海像，旁邊則是八幡大神的掛軸。根據快真與信

註7：日文的「燈明」與「豆苗」同音，皆為「tou-miyou」。
註8：和尚的日文發音為「bozu」。

定的說法，他們希望排斥佛教的人也能來，所以維持這樣的狀態。在這裡，神佛是平起平坐、一起喝酒的。

起初孝太郎只是信定的聽眾，直到有次因為店員突然生病而上場代打，自此以後每當店裡人手不足，他就會被找來幫忙。事實上，他今天也是為此而來。制服是各自的裝束，所以他是穿著白衣與袴裙調製雞尾酒。雖然看起來有種超現實感，卻頗受客人好評。

「和尚和神職人員可以從事副業嗎？」

女客人嘗了雞尾酒一口，興味盎然地詢問信定。

「要看寺院或宗派的方針，不過從事副業的人很多，還有人是開ＩＴ公司的。」

「神職人員呢？」

女客人將話鋒轉到孝太郎身上，正在拆起司包裝的孝太郎抬起頭來。

「以神職人員的情況而言，把神職當副業的人很多，例如平常是上班族，只有週末才在神社工作。雖然各神社給的薪水不同，但普遍來說，神職的收入不算高。」

「那大哥你呢？這份工作是主業還是副業？」

「我只是來幫忙的。」

孝太郎面露苦笑。他始終以幫手自居，而不是店員。孝太郎將來要繼承老家的神社，知

道他出入這種場所，古板的父親由於擔心向來不給他好臉色看。這一點信定也很清楚。站在孝太郎的立場，只是到朋友的酒吧幫忙，根本沒什麼好擔心的。不過父親大概不是擔心孝太郎闖禍，而是擔心他被捲入酒後的糾紛。雖然有過度保護之嫌，但或許這就是天下父母心吧。

「辛苦了～」

快到九點時，店長快真總算露臉。聽說他才三十出頭，看起來卻老了些，或許是眼角的笑紋所致。不過，這正好說明了他的性格。

「孝太郎老弟，抱歉，突然拜託你來。施主一直不放我走。」

「沒關係，反正我今天比較早下班。」

「我請客，你喝一杯再走吧。」

在角落竊竊私語之後，快真便和孝太郎換手，進入吧檯。恭敬不如從命，孝太郎在吧檯最邊緣的位子坐下來。當然，若有客人來，他會立刻讓出位子。

「孝太郎，下個禮拜你有空嗎？」

拿著香迪雞尾酒過來的信定，略微壓低聲音詢問孝太郎。

「有啊。什麼事？又要我來幫忙嗎？」

孝太郎問道。信定盤起手臂，似乎在搜索言詞。

「是這樣的，這個月底我們寺院要舉辦一個小展覽。」

「要我去幫忙嗎？」

「啊～很接近，但不是。畫框和展示櫃之類的東西，我爸已經開開心心地準備好了，只要把作品放進去即可。不過，在進行這項工程之前——」

信定面色凝重地低聲說道：

「有件事我想和你商量一下。」

⛩

良彥與黃金一起窺探地面，一臉嚴肅地沉吟：

「……這是……什麼玩意兒……？」

畫在神社境內土地上的，是兩個大小不一、歪七扭八的圓圈。小圓圈黏著一個三角形，大圓圈則是長了兩根分岔的毛髮。

「鴿子啊。」

在良彥身旁如此坦然回答的，是穿著平安時代達官貴族那種漆黑束帶裝的男神。然而祂的

冠緣貼了一張寫著大大「神」字的紙張，正好遮住臉，因此莫說表情，連祂長什麼模樣都看不見。不過，祂似乎可以看見良彥與周圍的景色，沒有任何不便。

「是爾要我畫鴿子的，不是嗎？」

「是啊。我是要祢畫鴿子，所以看到成品才會萌生些許恐懼感。」

男神的右肩上停著一隻鴿子。不僅神使是鴿子，聽說祂平時也常餵食普通鴿子，良彥認為祂對於鴿子應該已相當熟悉，才出了這道題目，誰知竟是這種結果。他原本以為畫出來的東西就算看不出是鴿子，至少也該有鳥的形狀。

「黃金，祢覺得這看起來像什麼？」

良彥徵詢黃金的意見。黃金思索片刻之後，突然靈光一閃，抬起頭來。

「我在電視上看過，透過那個叫顯微鏡的玩意兒看見的微小世界裡，有很多這樣的東西在蠢動。」

「啊，那應該是細菌之類的……」

良彥想起幾天前黃金曾看過的兒童教育節目，內容好像是用顯微鏡觀察河川裡的生物。無論如何，至少可以確定看起來不像鳥。

「祢說過祢的畫技變差了，沒想到差到這種地步……」

良彥盤起手臂，面色凝重。見狀，一臉不滿地把玩手上樹枝的男神，突然將樹枝遞給良彥。

「不然爾畫畫看吧。我想見識爾的畫技。」

良彥凝視遞到眼前的樹枝一會兒，無可奈何地接了過來。

說到八幡公或八幡老爺，應該每個人都耳熟能詳。有時候指的是八幡大神這尊神明本身，有時候指的則是八幡宮或八幡神社等神社。不過，全國約八萬座神社之中，約有一半是奉祀八幡大神之事卻是鮮為人知。這四萬座神社，據說是起源於大分的宇佐八幡宮，平安時代從此處分靈至朝廷所在的京都男山，之後又從男山分靈至鎌倉做為幕府的守護神。這三座神社合稱為「日本三大八幡」（有多種說法）。八幡大神是守護佛法、鎮護國家與武家之神，廣受人民崇敬，在《續日本紀》也曾登場。不過，現在有許多八幡宮、八幡神社是以「應神天皇」為祭神，《古事記》和《日本書紀》中卻沒有這樣的記載。神社流傳下來的歷史中，則有六世紀時八幡大神以三歲童子的模樣，現身於神社境內菱形池旁的矮竹枝上，自稱「吾乃譽田天皇，廣幡八幡麿是也」的記述。

「我原本就是順應時代及凡人所求，扮演各種角色的神明。有時被視為應神天皇，成為鎮護國家之神；有時則是守護佛法之神，甚至獲朝廷賜予菩薩之名。」

良彥從關西搭乘渡輪，之後又乘坐電車，步行一段路才來到宇佐的神社，並且立即發現在入口大鳥居前餵鴿子吃豆的八幡大神。祂與良彥一同漫步於寬廣的神社境內，娓娓道出以寫了「神」字的紙張遮臉的理由。

「祢是神明，又是菩薩？這樣宗教混淆了吧？」

記得孝太郎說過，神道教和佛教是不同的宗教。良彥歪頭納悶，黃金開口說道：

「古時候是神佛混合。將神道教與佛教融合之後重新建構，這樣的信仰維持了一千多年。尤其八幡大神自古以來便與佛教連結，被視為寺院鎮守神，分靈至全國各地。神道教和佛教像現在這樣分開是在明治以後，至今不過一百五十年。」

「這麼說來，混合的時代還比較長囉？」

良彥坦率地感嘆。雖然現在神社和寺院分離是常態，不過就歷史而言，現在的情況反倒比較罕見。

「說到和八幡大神淵源深厚的大佛，有一尊是你也知道的，就是東大寺的盧舍那佛。」

「東大寺的大佛，就是很大的那尊？」

「對。是八幡大神透過凡人之口降下神諭，要求協助建造大佛。為了感謝此事，朝廷贈予

『護國靈驗威力神通大自在王菩薩』的封號給祂。」

良彥再度望向看不見臉孔的八幡大神。雖然他完全記不住跟咒語一樣長的名號，但一提到自己也知道的大佛，便突然多了股現實味。

「日本的神明向來秉持『不妄言』的精神，話比較少，所以神諭通常由我來頒布，現在還被彙整成神諭集。大佛的神諭應該也記載在上頭吧。」

八幡大神有些靦腆地搔了搔藏在紙後的臉頰。雖說一言主大神也降過神諭，但可以集結成冊，數量應該很驚人。

「既然神明守護佛教的體制運作得那麼順利，後來為什麼又突然分開呢？」

能夠和平共處的話，繼續維持下去不是很好？有什麼不方便的地方嗎？面對良彥的疑問，黃金有些啼笑皆非地說明：

「江戶時代就有這樣的趨勢，決定性的關鍵是在進入明治時代不久之後頒布的『神佛判然令』。德川將軍家奉還政權，之後的新政府打著『祭政一致』與『神道國教化』的理念，進行神佛分離，將神社與寺院明確地區別開來。」

「神佛……呃……祭政……？」

「我從以前就常在想，良彥，你只要聽到不熟悉的字眼，立刻蠢態畢露啊。」

「就沒聽過啊！有什麼辦法！」

「哎，簡而言之便是『明治政府的方針』。」

「祢不能一開始就這樣說明嗎？」

良彥對腳邊的狐神投以不快的視線。雖然艱澀的事情他不懂，但或許這就是時代改變的證明吧。話說回來，持續了一千多年的事在一夕之間改變，無論是對於凡人或神佛，想必都是影響甚鉅。

穿過大鳥居之後的境內十分寬敞，感覺不像神社，倒像是某處的庭園。走沒多久便看到寶物館前有個池塘，沒一會兒左手邊也出現一個池塘，兩個池塘都種了蓮花。抵達手水舍時，斜對面又是一個小池塘。

「放……這怎麼念？」

良彥念不出立牌上的漢字，詢問八幡大神。

「放生池。放生正如字面所示，是釋放生物的意思。這是一種根據佛教的戒律『不殺生戒』——不可故意殺害生物——而舉行的儀式，釋放的生物通常是鳥、魚之類的。我的信眾曾將魚放生到這個池塘裡，因而得名。正式的儀式是在附近的海上舉行。」

八幡大神的語調變得略微鈍滯，繼續說道：

「從前，為了鎮壓隼人之亂，曾發生過一場大戰。打著八幡大神護佑之名的『八幡神軍』銳不可當，平定了隼人……然而，當時殺生過多，為了彌補這些罪業，我便降下神諭，要凡人每年舉辦放生會。」

「……意思是放生鳥、魚，拯救牠們的生命，好代替那些被殺掉的生命嗎？」

「沒錯。哎，在宇佐放生的是稱之為『蜷』的一種螺類就是了。」

八幡大神似乎正在寫著「神」字的紙張底下悲傷地微笑著——良彥有這種感覺，不知該說什麼才好。

「差使兄。」

八幡大神彷彿為了切換心緒，略微拉高聲音，轉向良彥說道：

「誠如方才所言，一直以來我都是順應時代改寫自己的容貌，化為凡人追求的神明。」

「改、改寫？」

「沒錯，用畫筆三、兩下解決。不過，最近大概是受到力量衰退的影響，下筆不怎麼順手。」

「咦？等等，這麼說來，現在那張紙底下是一片空白嗎……」

「哎，任君想像。」

八幡大神並未明說，而是發出意味深長的笑聲。良彥有點想看又有點不想看，心情頗為矛盾。不過，現在差事才是重點。

「我要爾畫出符合當前時代的八幡大神面容。」

良彥面色凝重地詢問，八幡大神開朗地說道：

「這麼說來，差事該不會是……」

「說到畫鴿子，就是先畫頭，再畫身體……」

良彥蹲在境內的神井附近，用八幡大神給他的樹枝在地面上畫鴿子。雖然他的美術成績稱不上好，但區區鴿子應該還畫得出來吧。

「再來是腳……眼睛……嘴巴……」

「良彥，那也是細菌嗎？」

凝視著地面的黃金詫異地歪了歪頭。

「就說是鴿子嘛！鴿、子！」

「鴿子的頭沒這麼大吧？嘴巴也太長了，還有掛在下面的棒子是什麼？」

「腳！」

「看來爾沒資格說我啊。」

雖然看不見臉孔，良彥卻覺得八幡大神正用勝利的神情俯視著自己。良彥無從反駁，用鞋底擦掉不成鴿子的未知生物圖。不過良彥認為他們的畫技是半斤八兩，八幡大神並未勝過他。

「話說回來，這下子可傷腦筋了。以爾的畫技，只怕不足以替我畫新面容。」

八幡大神盤起手臂，仰望天空。

「若讓差使兄下筆，我可能會變成正月的笑福面（註9）。」

「我至少會把眼睛、鼻子、嘴巴畫在正確的位置上好不好！」

良彥反射性地反駁，但老實說，他對於畫「臉」沒有半點自信。別說畫神了，他搞不好會畫出妖怪來。

「找個畫技高明的人來幫忙，應該是最快的方法吧？」

黃金搖動尾巴，仰望著良彥和八幡大神。這確實是最快的方法。

「問題在於就算找到了，要怎麼開口請對方幫忙？還要跑來九州才行……」

良彥半是嘆息地喃喃說道。屆時交通費也是個不小的問題。

「差使兄是住在京都吧？」

八幡大神詢問抱頭苦惱的良彥。

「那就來石清水的神社吧。雖然要從貴處南下一段距離，但至少比宇佐近多了。」

「石清水？啊，男山上的八幡公嗎？咦？這樣也可以？」

「那是從宇佐分靈過去的，沒問題。我原本就經常前往巡視，只要呼喚一聲，我隨時都能現身。那裡對我而言也是回憶深刻的土地。」

「回憶？」

良彥反問，八幡大神感慨良多地娓娓道來。

「在明治元年的戊辰戰爭中，神社所在的男山一帶全被燒毀。我那時很擔心火會延燒到神社來，捏了一把冷汗，幸好本殿保住了。如今在凡人的努力下，本社的十棟建築物與三張上梁記牌都成為國寶，著實令人欣慰。」

八幡大神欣慰的應該不是成為國寶這件事。這固然也是件值得欣慰的事，但是凡人努力促成此事的心意，才是八幡大神最大的驕傲。

「哎，總而言之，只要去那座神社就能見到祢，對吧？那幹嘛不一開始就在石清水見面，

註9：日本正月的傳統遊戲。玩家蒙住眼睛，聽從旁人的指揮，將五官配件排列到繪有臉部輪廓的紙板上。

省得我大老遠……」

良彥才說到一半，就被黃金狠狠踢了小腿一腳。

「這只是八幡大神好心給你行個方便。八幡信仰起源於宇佐，就是從這裡擴散到全日本，你身為差使，須得銘記在心。」

「……知道啦。」

良彥抱著被踹的小腿跌坐下來，一面咬牙忍痛，一面擠出聲音回答。

⛩

在「BOZU in Bar」工作的信定，老家位於京都與滋賀邊界，名叫相林寺，規模並不大，傳說主殿是從前平氏的某某人為了祈求母親康復而捐建的。據說從前的寺區更大，但現在除了供奉本尊藥師如來的主殿以外，只有庫院、客堂、小小的寶庫與相隔不遠的住家。寺裡不但擁有坐像與佛像等重要文化財，甚至還有借自博物館的藝術品，想來從前應該頗有勢力。江戶後期畫下的主殿天花板十分壯麗，開放給觀光客付費參觀，但由於離市內有段距離，人潮並不踴躍。目前住持仍是由信定的父親擔任，若僅靠寺院的收入只能勉強養家餬口，稱不上寬裕。

去酒吧幫忙的隔週，孝太郎在雙方都放假的日子造訪相林寺，隨即被帶往住家的客廳。信定離席五分鐘後，又拿著一個約雙手環抱大小的茄紫色包袱回來。

「這就是你要『商量』的事？」

孝太郎指著信定小心翼翼放在單板桌上的包袱問道。

「沒錯。我要借重你身為神社繼承人卻現實無比的冷靜判斷力。」

聽了信定這番話，孝太郎忍不住嘀咕一句：「什麼意思啊？」在境內之外另有不動產的大型寺社姑且不論，像他這種靠寺社收入僅能勉強餬口的寺院或神社繼承人，原本就比較現實。就這層意義而言，信定應該也是處於相同立場。

「你知道我們家有寶庫……之稱的倉庫吧？」

「客堂後面那個？」

「對。因為耐震方面的問題，必須修繕補強，所以去年年底我們開始動手整理裡頭的東西。就連我爸自己也不知道裡頭到底有什麼，翻出了一堆破損的坐像和被蟲蛀壞的掛軸之類的東西，當時一起找到的就是這個。」

信定打開包袱，現出一個古色古香的黑色漆盒，大約比文書盒大上兩圈也深上兩倍。盒面並無裝飾，也已經失去光澤，有些地方甚至掉了漆。信定緩緩地打開蓋子，只見油紙裡放了一卷掛軸與一疊畫紙。

「我爸一直說能夠完好無缺地保存下來簡直是奇蹟，不過，他完全不知道這東西怎麼會在我們寺裡。」

「我可以碰嗎？」

孝太郎問道，信定拿出事先準備的白手套遞給他。孝太郎戴上手套，小心翼翼地取出畫紙。雖然多處變色，但中間的畫紙狀態良好。他隨意翻看，目光停在以飽滿柔和的筆觸畫下的幾隻於池塘游泳的金魚之上。除此之外，還有啄食樹果的小鳥、成雙成對的鴿子與猿猴親子，以動物居多。淡淡的彩墨尚未褪去，甚至帶來水邊的涼意。孝太郎忍不住在紙上尋找落款。

「你知道這是誰畫的嗎？」

放眼望去，紙上並沒有作者的線索。聽孝太郎詢問，信定略微板起臉孔回答：

「你果然也好奇這一點？」

「不知道是誰嗎？」

「不，正好相反。盒子裡附了書狀，我們請熟人鑑定以後，才知道這是某位畫師的遺物。那個熟人說應該是本人的作品。」

「遺物……」

信定指著盒中的畫說道：

「畫師的名字是——加納清慶。」

「加納……清慶……」

孝太郎的視線再度垂落於手中的畫，隔了數秒之後才抬起頭來。

「……誰啊？」

信定瞇起眼睛點了點頭，彷彿在讚許他問得好。

二

自從練球時傷了膝蓋以來就不常和朋友聯絡的良彥，交遊並不廣闊。雖然現在偶爾會和打工地點的同事聚餐，也透過和歌山的大野與從前的球友恢復聯絡，但畢竟有的人已經成家，無法頻繁聚會。要在這些人裡找出一個對繪畫有自信的人，實在不容易。

「再說，繪畫也分很多種……」

從九州歸來的隔天，正要去打工的良彥在市營地下鐵的電車上如此嘀咕。車站裡貼著可愛高中女生的卡通海報，似乎是地下鐵的虛擬代言人，也是本地的吉祥物，最近時常可見。畫風並未刻意迎合御宅族的口味，而是男女老幼都易於接受的風格。

「委託插畫家……好像也是個方法。」

如果是工作，就算心裡覺得奇怪，應該也不會過問吧。

「只不過酬勞是個問題……」

抵達目的車站以後，良彥嘆著氣走出電車。他根本沒有多餘的錢支付酬勞，甚至覺得自己也該拿酬勞才是。

「你去工作賺錢，不就付得起酬勞？」

黃金小跑步跟在良彥身後。除非另有私事要辦，不然在良彥打工的期間，物色附近的餐飲店是祂的日課。

「別鬧了，要是我再增加打工，就沒時間辦理差事。」

良彥搭上通往剪票口的電扶梯，板起臉孔反駁。至少提供神明貸款金援一下吧。

「這麼一提，那個天眼女娃兒不是有個會作畫的同學嗎？」

前往打工公司所在大樓的路上，黃金突然想起這件事。

「啊，呃，祢是說望？」

「拜託她不就行了？她還得過什麼大賽的獎，大可以放心交給她。」

「啊，這個我也想過……」

良彥支支吾吾地回答。老實說，一提到畫技高明的人，良彥頭一個想到的就是望。不過聽穗乃香描述，她和望雖然變成好朋友，卻尚未告知天眼之事。在這樣的狀態下，良彥實在不好意思拜託望協助差事，描繪神明的面容。一個弄不好，說不定會害穗乃香失去好不容易交到的朋友。說歸說，良彥也不能要求穗乃香早點說出天眼之事。要在什麼時機說出口，是取決於她自己。

「應該有點困難。如果是穗乃香本人倒也罷了……」

良彥也考慮過委託穗乃香，卻不知道她的畫技如何。思及拜託她做點心時的情況，只怕會重蹈覆轍。如果是以悲慘程度為評價基準，她倒有可能是個繪畫大師。

「先保留起來當作最終手段吧……」

良彥對一臉詫異的黃金模稜兩可地說道，抄捷徑橫越了老商店街。商店街裡有販賣傳統熟食與醃菜的店家、有賣鮮魚的店家，也有鞋店和理髮店。良彥平時都是快步通過，這次卻停下腳步。商店街出口附近、藥局和舊書店之間的一角，在藥局的耀眼燈光掩蓋之下，良彥險些忽略了。不，在今天之前，他確實完全沒有注意到。

「對喔……這就有畫到神明的臉……」

掛著古美術招牌的店面櫥窗另一頭，是博物館或美術館裡常見的佛畫掛軸。從色調鮮豔與沒有損傷這兩點判斷，八成是複製品。下方的小標價牌上寫著五萬圓。

「原來複製品也這麼貴啊……」

「那是〈八幡神垂跡曼陀羅〉的複製品，要買嗎？」

在良彥仔細端詳之際，身後突然有道冷淡的聲音傳來。聲音的主人穿著說好聽一點是洗白，實則是洗得發皺的白色襯衫，以及帶有汗漬的休閒褲。臉孔被白髮與白鬚包圍，眉頭之間刻印著頑固的皺紋。不知是不是剛買東西回來，手上提著白色塑膠袋。從他的口吻判斷，應該是這家店的老闆。

「啊，不，我買不起……您剛才說這是八幡神？」

「〈八幡神垂跡曼陀羅〉。」

「〈八幡神垂跡曼陀羅〉……」

良彥像鸚鵡一樣重複老闆的話語，再度望向曼陀羅圖。

「這是八幡大神嗎……？」

眼前的掛軸上共有七人，上方中央是一個手持錫杖、身穿袈裟的光頭僧侶，下方兩側是穿著束帶裝或唐風服裝的男女各三人。良彥指著和昨天見到的八幡大神一樣穿著束帶裝的男性問道。由於圖上有兩個同樣裝扮的男性，他的手指有些游移不決。

「主角怎麼會站在邊邊？八幡神是正中央那個。」

正要打開店門的老闆啼笑皆非地指正。

「正中央……這個光頭？可是這根本是和尚啊。」

「這叫僧形八幡神，以八幡神來說並不稀奇。」

「僧形……？」

黃金在滿頭問號的良彥腳邊，無奈地嘆一口氣。

「昨天不是跟你說過八幡大神也有菩薩之名嗎？換句話說，祂受戒成了菩薩僧，所以常有人把祂畫成僧形。」

「可是本神明明打扮得和平安貴族一樣啊。」

「說不定當時祂是僧侶裝扮。」

「……原來如此。」

在良彥與黃金竊竊私語時，老闆已經開門逕自入內。良彥確認距離打工還有一段時間，遲疑一會兒以後推開了店門。

「呃，不好意思。」

「怎麼，還有事啊？」

老闆在會客用的老舊皮製桌椅組前，有些不耐煩地回過頭來。

「請問您認識畫這種畫的人嗎？」

聽了良彥這句沒頭沒腦的問話，老闆皺起眉頭，露出不解的表情。

「做這門生意，當然認識幾個……」

老闆重新打量良彥。

「你對佛畫有興趣？」

看起來不像啊——這句話老闆沒說出口，良彥卻聽得出他的弦外之音。關於這一點，良彥無從反駁。

「不，不是我有興趣……有沒有人是擅長畫八幡公的？」

「問問看應該找得到……你是要委託嗎？」

老闆帶著越發不解的表情盤起手臂。良彥一時間答不上來，兀自沉吟。委託插畫家和委託佛畫師，哪個比較便宜？他只知道一件事，就是自己畫不用花錢。

「對不起，我還是再考慮一下。」

良彥抓了抓腦袋，笑著打哈哈。既然不確定是否付得起酬勞，還是別找專業人士為宜。

「打擾了。」

良彥低頭致意，轉過身去。老闆欲言又止地目送他離開。

「你何不請他介紹？」

身旁的黃金抬起鼻頭說道。

「京都的畫匠功力想必不差吧。」

「委託這類人來畫，祢知道要花多少錢嗎？要是他找了個超有名、修復寺院紙門畫的專家，那怎麼辦？」

良彥一臉不悅地反駁，快步走向打工地點。

「不過，我有主意了。回家的時候先去圖書館一趟。」

良彥說道，黃金配合他的步調，搖著尾巴跟上。

⛩

『世事多變，唯神不變。』

位於男山的石清水神社裡，高懸著這段八幡宇佐宮神諭集裡也有的文字。男山原本有一座石清水寺，在八幡大神降下「吾欲移駕京城左近之男山巔，鎮護皇城」的神諭之後，便於八六〇年改建石清水寺，更名護國寺，做為八幡宮的神宮寺（註10）。自此以來，神社與護國寺合為一體，採宮寺形式的體制，但社殿與神宮寺始終是分開的。有別於神職人員地位較高的宇佐，石清水是由僧侶掌握整座男山的管理權，神主只能敬陪末座。祭禮方面亦然，相較於神佛混合的宇佐，石清水較接近佛教儀式。神社兼寺院的宮寺體制，在石清水的八幡宮可說是臻於完備。當時，石清水與伊勢神宮並稱為「二所宗廟」，深受朝廷與武家信仰，到了明治時代以後則是轉為神社，至今香客仍是絡繹不絕。

「……唔，還是畫不好。」

從宇佐來到男山的八幡大神，在本殿旁的黃心樹附近挑戰不知是第幾次的鴿子作畫。八幡大神的神使是鴿子，神社所在的男山別名叫做「鴿子峰」，第一鳥居的匾額有兩隻仿「八」字的鴿子，牌樓上也有一對類比狛犬的阿吽形（註11）鴿子，再加上實物，明明已經司空見慣，為何畫出來的東西竟和腦裡想的相差這麼多？聚集到地面來的鴿子見了這幅四不像的畫，紛紛發出不滿之聲。現在就算自行畫臉，大概也是慘不忍睹吧。拜託差使果然是正確的選擇。

「哎呀呀，力量衰退可真是不方便。從前我還和空海互畫對方呢……」

八幡大神從懷裡拿出豆子撒給鴿子吃，嘆了口氣。那是在被迎請至石清水之前的事。空海祈求能夠順利前往唐國留學、平安回到日本，八幡大神便現身回應。當時，空海摹畫八幡大神，八幡大神也摹畫空海，完成彼此的畫像。那幅畫現在應該還被凡人保管在某間寺院裡才是。

「對了，那時候有張畫差了的，我應該還留著。」

八幡大神突然想起此事，望向眼前的攝社。為了避免被凡人看見，祂偷偷將幾件神寶放進箱子裡保管，分別收放在各大八幡神社裡，連祂自己都搞不清楚哪樣東西放在哪個地方，不過空海的畫像應該是放在這裡。

心念甫動，八幡大神立刻輕輕鬆鬆地進入社殿，找遍各個角落，最後在經年累月之下變成亮褐色的木棺中找到一個螺鈿嵌鑲的漆盒。

「是這個嗎？」

蓋子上的鴿子圖案祂有印象。

註10：基於神佛習合思想而建造的神社附屬寺院或佛堂。

註11：仁王或狛犬等成對雕像常見的姿態，一方張口，一方閉口。張口為阿，閉口為吽，故稱為阿吽形。

八幡大神拿著漆盒走到外頭，停在屋頂上的幾隻鴿子又聚集到祂的身邊。

「好，這下子應該可以向差使兄證明我從前的畫技吧？」

八幡大神喃喃自語，掀開了蓋子。只見有個老舊的量斗和一只小平瓮（註12），還有幾根種類不同的分岔畫筆，全都用布包著收在盒裡。

「哦，我還以為這些筆都遺失了，原來在這裡。」

八幡大神懷念地拿起筆，卻發現最底下放著一張折起來的紙。莫非這就是空海的畫像？祂小心翼翼地取出來打開，誰知竟是意料之外的重逢。

「怎麼，原來是你啊——榮俊。」

祂微笑呼喚，宛若本人就在眼前。

以淡墨繪成的是一個稚氣未脫的少年。雖然和大人一樣落了髮，臉頰卻仍帶有些許年幼的圓潤感，認真清澈的雙眼凝視著前方，嘴角微微帶笑。八幡大神想起這幅畫確實是出自於自己的手筆。

「原本打算趁亂交給他，結果還是未能如願。」

八幡大神溫柔地撫摸站在膝蓋上窺探畫紙的鴿子。經歷幕末的動亂期之後，神佛分離，有些僧侶還俗成為神職人員，有些則是離開了。榮俊正是其中之一。

江戶末期，未滿七歲就父母雙亡的榮俊在因緣際會之下，被男山的眾多僧房之一收留。他的學習能力很強、手腳俐落，簡單的雜務都能勝任，因此廣受眾僧侶讚許，大家都把他當成弟弟般疼愛。唯一令人擔心的是他完全不笑，也完全不哭，臉頰總是硬邦邦的，彷彿忘了感情一般。他第一次露出笑容是在幾年之後。

「你在新的人世如何生活？有何作為？有何祈求？」

八幡大神對著懷念的面容說道。依他的性格，想必是安分守己地過完了平和的一生吧。

「世事多變，唯神不變……」

八幡大神複述自己從前降下的神諭。縱使神道教與佛教混合，眾多凡人生生死死，神依然與凡人同在，永遠不變——這句話即是用來宣傳這個道理。

「榮俊……我……可還是現代凡人所期盼的神呢？」

明知不會有回應，八幡大神還是忍不住問道。自平安中期以來，民間的束帶裝八幡神像取代了僧形八幡神，自己也跟著換上束帶裝。不過，如今祂連自己的臉都畫不出來，真能當凡人

註12：古代的一種土製容器，狀似碟子。

的神嗎？祂時常感到不安。

「不，或許……其實我是迷失了自我。」

「唯神不變」這句話雖然是出於自己之口，自信與自我卻在漫長的歲月之中逐漸流失。

「快點……我得快點把這張臉畫出來……」

八幡大神摸著像是要安慰祂似地倚過來的鴿子，輕輕嘆一口氣。

⛩

良彥到圖書館借了本格外出眾的畫集，隔天帶著它造訪石清水的神社。要前往位於男山山頂的神社，不是付兩百圓搭乘三分鐘可達的纜車，就是爬三、四十分鐘的石階步行上山，良彥毫不遲疑地選擇了步行。表參道上的部分階梯坡度雖然徐緩，走起來卻很費時，對於右膝的負擔頗大。良彥有些後悔地心想，不該省那兩百圓的，但為時已晚。

「古時候的人真辛苦啊……」

在途中休息的良彥望著綿延不絕的階梯，不禁感慨。

「從前這裡有許多僧房和堂宇沿著參道林立，甚至被人稱作『男山四十八坊』，如今卻已

完全不見蹤影。」

黃金搖著尾巴，走在良彥前頭。

「記得這一帶本來有座安置愛染明王巨像的佛堂。這座石清水神社和位於京都東北的比叡山延曆寺，並列為西南後鬼門（註13）的守護神，深受朝廷信賴。當時的天皇、上皇與法皇（註14）前來參拜者不少，再加上知名武將等等，為了容納他們而建造許多房舍，參道上僧侶來來往往，不時可聽見誦經聲、聞到線香味。明治時代神佛分離之後，這些景物全都消失無蹤，聽說佛像、佛具和神像也一一流入古董商之手。不過有些地方的石牆倒還留著就是了。」

良彥重新環顧樹林環繞的周圍。現在只有草木，時值平日香客也不多。仔細尋找，可以看見黃金所說的石牆和老舊的路標，但絲毫感受不到昔日的熱鬧。

「原來這裡兩百年前那麼繁榮啊……」

一抹落寞油然而生，良彥從樹林的縫隙間仰望天空。當年前來這裡參拜的人們是否也像他一樣，一面漫步於參道上一面仰望天空呢？過去的信仰在政府一聲令下分崩離析的時候，僧侶

註13：與正鬼門相對，同樣被視為不吉利的方位。
註14：退位後的天皇稱為上皇，出家的上皇稱為法皇。

和信眾不知做何感想？

爬上石階，穿過石造的第三鳥居，便可看見正好朝著正門的南總門與另一頭的紅漆本殿。良彥走過燈籠排列兩側的石版參道，尋找這兒的祭神，只見祂正在後側的攝社附近餵鴿子吃豆。

「唔，畫集啊。」

八幡大神接過良彥遞來的畫集，興味盎然地喃喃說道。

「祢從裡面選一張喜歡的吧。」

「選了以後又如何？你會帶畫師來嗎？」

「不，我會照著畫。」

聞言，八幡大神的聲音變得充滿不安。

「……差使兄嗎……？」

「沒辦法啊，拜託專業人士要花很多錢。」

良彥有些不悅地回答。他帶來的畫集雖然是佛畫集，但裡頭也有神明的曼陀羅，包含在那家古美術店看見的〈八幡神垂跡曼陀羅〉原畫。畫中的僧形八幡大神面容應該也可以成為選項之一吧。描繪八幡大神的曼陀羅不只一幅，有好幾種圖樣，只要請八幡大神從中挑一個祂喜歡的就好。

「總比沒有範本好。」

「哎，那倒是……」

「黃金，那些豆子是給鴿子吃的，祢可別吃掉啊。」

「我、我沒吃！只是在看而已！」

嗅著地上豆子的黃金惱羞成怒地說道。不知從哪兒跑來一隻猿猴，當著黃金的面迅速吃掉豆子。黃金一瞬間露出心有不甘的神色，應該不是良彥看錯。

「哦？」

良彥坐下來紓解步行四十分鐘的疲勞時，一旁觀看畫集的八幡大神突然高聲說道：

「好懷念啊！這是一慶的手筆吧。」

八幡大神盯著某一頁興奮地說道。上頭是僧形八幡神的單神畫，雖然因為褪色而不甚分明，但仍可看出是坐在紅色蓮花座上，左手持念珠，右手持錫杖，頭頂上有個紅色的光環。

「一慶是祢認識的人嗎？光看就知道是他畫的？」

良彥在畫上尋找落款或表明作者是誰的記號，可是沒有看到類似的東西。

「他的手筆我一眼就能認出來，畢竟看了好多年。他是這座神社……不，或許該說宮寺才對吧，總之是當時的專屬畫師，記得是活躍於江戶初期……之後，一慶的兒子、孫子、曾孫、玄孫和子孫都是當畫師，直到明治年間。雖然不是幕府的御用畫師，但也是弟子眾多的傑出畫派。宗慶的時候，還曾應僧人之請教畫，當時我也一起聽課，因此我可以算是那一派的門下弟子。」

「神明是門下弟子，真讓人惶恐啊。」

「當年我可是個優秀的學生呢。」

八幡大神得意洋洋地說道，從懷中拿出一張折起來的紙。

「如何？畫得很好吧？」

打開一看，上頭是一張少年的臉龐。從剃光的頭髮判斷，應該是僧侶。雖然是用單一墨色繪成的，眼神卻顯得十分清澈，格外引人注目。

「這是八幡大神畫的？」

「沒錯。從前的我畫技便是如此高超。」

男神自豪地挺起胸膛，良彥仔細端詳那幅畫像。旁邊寫著榮俊二字，就是這個畫中人吧？每根眉毛和嘴唇輪廓都畫得相當仔細，活靈活現地描繪出靦腆微笑的神情，確實看不出是出自那尊曾畫出四不像生物的神明之手。

「榮俊是被男山的某個僧房收留的孩子，剛來的時候既不笑也不哭，表情一直都是冷冰冰的。過了幾年，他頭一次露出笑容時，我太開心了，忍不住畫下來。」

八幡大神站在良彥身旁沾沾自喜地說明。

「只不過，原本以為還留著的空海畫像卻找不到。」

「咦？空海？是那個空海嗎？」

聽見熟悉的僧人名字，良彥立刻抬起頭來。連他都知道，可見空海多麼出名。

「祢見過空海嗎？他長什麼樣子？」

「呵呵呵，想知道嗎？空海啊，頭很小、眉清目秀——」

說著，八幡大神撿起手邊的石頭，在地上畫起來，但怎麼看都不像人類的輪廓。

「太奇怪了吧，為什麼頭這麼尖啊？」

「唔，這樣呢？」

「耳朵的位置不對吧？眼睛也很恐怖。」

「怎麼老是畫不好呢？」

「我在教科書上看到的空海嘴唇沒這麼厚。」

「不然你來畫。」

面對良彥的滿口批評，八幡大神似乎不太高興，將用來代替畫筆的石頭遞給良彥。

「我沒看過空海啊。」

「你不是在教科書上看過嗎？照著畫就行了。」

「別強人所難行不行？別的不說，我的教科書上的空海被我植髮又戴眼鏡，早就面目全非了。」

「不然畫其他的也行——對了，畫猴子試試看！」

「猴、猴子？」

八幡大神指著正在撿拾鴿子沒吃完的豆子的猿猴，點了點頭。

「有實物，應該比較好畫吧？」

「……好，知道了。那我們就來比比看誰畫得比較好。」

前幾天明明才吃過畫鴿子的苦頭，現在雙方又僵持不下，再度展開繪畫大賽。從猿猴開始，到鯉魚、雞、狐狸，接著又改成生物以外的東西，從樹木、房屋、車子到哆啦A夢、海螺小姐，越畫越多，但彼此的實力在伯仲之間，一直分不出勝負，最後只能以平手收場。

「你們到底在做什麼啊……」

黃金俯視著趴在地上的一神一人，啼笑皆非地說道。猿猴在良彥所畫的不知是樹、是花還

是寄生蟲的畫上跳來跳去，彷彿在嘲笑他。

「我居然這麼沉不住氣……」

八幡大神拍拍衣襬站起來，撫摸靠過來的鴿子，設法讓自己冷靜下來。祂從懷裡拿出豆子撒給鴿子吃，猿猴也立刻靠過來與鴿子搶食。

良彥緩緩起身，望著地上殘留的四不像塗鴉。他真恨自己如此沒有繪畫天分。

「……真的，我到底是來做什麼的……？」

抬起頭一看，映入眼簾的是撒豆子的男神、啄食豆子的鴿子與猿猴，還有一臉羨慕的狐狸。

「最近怎麼老是跟動物湊在一起……」

良彥張開雙腳坐在原地，抱住腦袋。

⛩

「加納清慶據說是活躍於明治時代初期的畫師，但作品數量不多，不知道他是個什麼樣的人。他留下的作品也是死後才獲得評價，生前並沒有受到多少注目。」

信定邊與孝太郎喝茶邊說明。

「上網搜尋也沒什麼資訊，只找到一幅代表作。」

用手機搜尋，確實沒有出現更多資訊。代表作〈吃枇杷的猴子〉目前為私人所有，借展市內的小美術館，在網路上可以看到縮圖，色調比寶庫裡找到的畫作更為鮮明一些，但由於畫質不佳，難以仔細比較筆觸。

「那位畫師的遺物怎麼會在相林寺裡？是有什麼淵源嗎？」

孝太郎從畫中抬起頭來問道。內附的書狀上應該也有提及理由吧？

「不，完全沒有淵源。根據書狀上的說法，是清慶晚年時照料他的人為了超渡他而交給大阪的寺院保存。不過那間寺院在昭和初年廢寺，大概是經由寺方人士或古董商而來到我們寺院裡。」

信定從盒裡拿出一卷掛軸，小心翼翼地攤開。雖然有些部位被蟲蛀壞了，但仍可看出是用厚實色調繪成的曼陀羅。見狀，孝太郎隨即察覺了。

「……八幡大神？」

密宗的曼陀羅畫的是以大日如來為首的佛像，內行人可以從構圖、頭髮及服裝分辨出來。然而，信定攤開的曼陀羅上方中央是手持錫杖的僧形八幡大神，左右是比賣神，中間與下方兩側則是四尊束帶裝男神，除此之外，還簡單地畫了奉祀各神的建築物。從延伸於中央的參道判斷，上方的三尊神代表的應該是奉祀於本殿的神明，或許是以特定神社為本畫成的曼陀羅。不過，論畫作本身的水準，似乎是魚鳥畫比較高。或許這是初期的作品。

「這也是清慶的畫作吧？」

由於名字與佛祖並列是大不敬，所以佛畫通常不會記載作者的名字。這幅曼陀羅同樣不見落款。

「嗯，好像是。聽說本來是供奉在某間寺社，後來清慶發現流落到古董商手裡又把它買回來。這幅畫後來成了他的遺物，可見他很珍惜。」

能夠完好無缺地保存下來簡直是奇蹟——信定父親所說的這句話並不誇張。無論是畫紙的保存狀態，或是神佛習合的曼陀羅以個人遺物的形式留存下來。

孝太郎重新檢視盒裡的每一幅畫。生氣蓬勃地在水裡游泳的魚畫，共有十七幅；在天空中展翅翱翔，或在樹梢上嬉戲的可愛小鳥、鴿子畫，共有十五幅；猴子或鹿等山裡的動物畫，共有八幅。不過，每種都有四、五幅形狀畫得歪七扭八，或是該相連的線條不連貫、顏色塗出了輪廓線等等。有別於曼陀羅那種技法上的不成熟，又是另一種粗糙感。

「還有更驚人的。」

在孝太郎比較連鱗片都逐一描繪的細膩黑鯽畫與另一幅活像草稿的不成熟畫作時，信定拿起盒底的幾張畫紙給他看。這些畫比剛才的更加糟糕，線條越畫越細，變得斷斷續續，空白處多，筆法紊亂，遠近感也沒抓好，只能勉強分辨出是鳥或魚。

「……這些畫……難道起先是從這種塗鴉水準慢慢進步的嗎……？」

孝太郎將空白處多、線條越畫越細的畫作，與線條不連貫、顏色塗到輪廓線外的畫作，以及無可挑剔的美麗畫作並排在一起，看起來有種循序漸進感。

「不知道他花了多少年，畫技才變得這麼精湛？如果他拿出真本事，搞不好連若冲都比不上他。」

信定喝著茶杯裡剩餘的茶，繼續說道：

「好，問題來了。」

面對突如其來的機智問答，孝太郎乖乖地抬起頭。

「剛才也說過，我爸看了這些畫以後，認為這麼美的東西應該讓更多人欣賞才對，就說要在我們寺院裡展覽，時間大約是在兩個禮拜後。」

神社和寺院公開展覽收藏的寶物並不是什麼稀奇的事。除了讓民眾了解現存的文物以外，展覽時收取的入場費也不容小覷。只不過，將寶物放在自家寺社裡保管所費不貲，到頭來往往還是虧損。

「很好啊。不過這不是有名的畫師，入場觀眾的人數或許無法期待就是了。這個地方又比較難找，不好好宣傳——」

孝太郎提出了現實層面的問題，信定卻搖頭否定。

「比起來客數多寡，我更在意的是這個。」

他指著那幅塗鴉般的畫作，板起臉來說道：

「你覺得這種得用猜的才知道在畫什麼的畫，也該展覽嗎？」

「……什麼意思？」

「你想想，如果這是加納清慶在畫技進步之前畫下的作品，不就等於是他不堪回首的過去嗎？」

信定一臉擔心地壓低聲音，孝太郎對他投以五味雜陳的眼神。這個和尚到底在說什麼？

「不，我知道一般人看畫的時候不會這樣想，頂多只會覺得：『啊，他的畫技進步真多。』可是，這對本人來說根本是拷問啊。設身處地想想就知道了。」

「……嗯，不過本人已經過世了啊。」

「本人不在人世，不代表做什麼都行吧！」

孝太郎有些不耐煩地用手指抵住太陽穴。若要這麼說，他每天早上在佛祖面前誦讀的經文也是佛祖死後才寫成的，那就沒關係嗎？本人應該也很疑惑吧。

「若要展覽，挑那幅曼陀羅和其他畫得漂亮的就夠了吧？如果只是顏色塗到線外倒也罷了，這些線條很細的筆觸完全不一樣，也不知道是不是清慶的作品。搞不好參雜了別人的畫作。」

「……有道理。」

信定點頭贊同。或許他找自己來，就是為了判斷這件事。

「……不過，我個人倒是希望這個能讓更多人看見。」

說著，信定從盒底拿出一幅畫。

「可是這麼做又怕到時候要是只選漂亮的作品展覽，畫技水準有落差會顯得很奇怪。」

看見信定小心翼翼地攤開的畫紙之後，孝太郎終於能夠體會這對父子想展覽這些作品的心情了。

三

從繪畫大賽到餵食動物大賽，不知不覺間，夕陽已經西斜。良彥將畫集交給八幡大神保管，打道回府。雖然可以走參道下山，但他莫名疲憊，加上黃金想坐纜車，無可奈何之下只好付兩百圓去搭纜車。

「話說回來，如果那幅榮俊的肖像真是八幡大神所畫的，那祂現在的畫技只有遺憾兩字可以總結。」

纜車站正好隔著本殿與表參道相望，良彥走在因樹林遮蔽而顯得更加陰暗的狹窄道路上。

「這就是力量衰退的後果。本神應該比任何人都更加心急吧。」

走在前頭的黃金微微轉向良彥。

「不過，每個時代都要重新畫臉，工程很浩大耶。這代表祂願意配合凡人的需求改變形象，對吧？」

「你是要討論凡人有多麼貪得無厭嗎？」

「不，不是啦！我是要說八幡大神真是一尊體貼的好神。」

當時，人們對八幡大神祈求的是鎮護國家與守護佛教。祈求神佛保護國家，和現代為了個人的願望求神拜佛，確實有天壤之別。或許正是因為如此，八幡大神也頒布了許多神諭，回應人民。

「……嗯，不過這麼一想，我倒是有點明白了。」

良彥先是否定，之後又推翻自己的說法。

「現在為了國家的未來參拜八幡公的人，應該是少之又少吧。」

現在八幡大神最廣為人知的神通是「除厄」。來到神前的人，知道八幡大神也有菩薩之名、與佛祖一起守護日本的，不知有多少？

「八幡大神自己大概也很迷惘吧，不知道該變成什麼樣的神明才好。」

問題或許不在於畫技減退，而是在於自我認同。八幡大神向來擁有多種角色，才會迷失自我。

「你要從這裡回去啊？差使。」

上方突然傳來一道聲音，良彥停下腳步，黃金也跟著止步。

「下山明明比較輕鬆。你捨得花那兩百圓嗎？」

調侃良彥的聲音語尾帶著笑意。頭頂上，可看見漆黑枝葉彼端的淡紫色天空。良彥定睛凝視，終於在某個枝頭發現一道小小的身影。

「你……是剛才的猴子？」

聞言，猿猴從枝頭跳到另一個枝頭，落到良彥可以清楚看見的地方。剛才祂和鴿子一起默默地吃豆子，良彥還以為是住在山裡的普通猿猴，沒想到祂會說人話。這麼看來，祂大概是神明的眷屬吧。

「爾果然是神獸？聽說石清水的本殿有隻被灌注了生命的猿猴。」

黃金的雙眼在樹影婆娑的道路上燦然生光。

「方位神老爺認得我，真是光榮。沒錯，我就是『貫目猴』。」

猿猴在比良彥的身高更高一點的樹枝上露出賊笑。

「貫目……猴？」

「祂原本是裝飾在本殿迴廊西門橫梁上的猿猴雕像，因為雕得栩栩如生，有了生命成為神獸。然而，祂夜夜溜出神社，跑到村裡作惡，因此雕像的右眼被打了竹釘。」

聽黃金這麼說，良彥再度打量猿猴，這才發現祂的形貌雖然和日本獼猴一模一樣，左右眼的顏色卻不同。左眼是美麗的金色，右眼看起來則像泛藍的銀色，或許是打了竹釘的影響。

「如你們所見，雖然我可以在神社境內自由活動，但因為這道詛咒的關係，我現在不能下山。真是麻煩。」

猿猴無奈地聳了聳肩。

「祢有什麼事嗎？」

良彥保持平常心詢問。他看過會說人話的馬、貓頭鷹、蟾蜍、狸貓，已經見怪不怪了。

「我看你這個差使傻頭傻腦的，所以來給你一個忠告。」

猿猴倚著樹幹坐下，面露賊笑。

「傻頭傻腦……」

聽猿猴如此直接了當地說自己壞話，良彥不知該如何回嘴，思索了好一會兒。反應遲鈍這一點，或許也是他被認為傻頭傻腦的原因之一吧。

「怎麼了？良彥，被道出事實很困惑嗎？」

「欸，祢也幫我說點好話行不行啊！」

「為什麼我要幫你說好話？」

「不要露出那種真心無法理解的表情！」

聽了他們的對話，猿猴捧腹大笑。良彥清了清喉嚨，收拾心緒再次詢問：

「什麼忠告？」

雖然不明就裡，不過看在祂在自己要回去時特地追來的分上，倒是可以聽聽祂的說法。

猿猴用那雙色調相異的眼睛看著良彥，斷然說道：

「你辦不到的。」

祂又再次強調：

「憑你，是畫不出八幡大神的臉。」

見祂說得如此斬釘截鐵，良彥的困惑反而大過氣惱。祂為何這麼篤定？

「我不是瞧不起你才這麼說，而是除了那一派以外，沒人做得到。」

「祢說的那一派是指……」

「加納一派。你剛才也聽說了吧？」

良彥察覺有香客從本殿走來，便裝作在看手機，等香客們走遠之後，才再次把視線轉向猿猴。

「……換句話說，以前八幡大神的臉都是加納一派畫的？」

「很可惜，差一點就說對了。八幡大神是從他們所繪的畫像中感受百姓的期望，自行畫臉。哎，其實畫臉這個說法只是比喻，重點不是畫臉，而是給八幡大神靈感。只要有靈感，臉就會自動成形。」

猿猴摸了摸自己的臉，如此說明。

「給祂靈感……要怎麼做……？」

「不曉得，你自己想吧。就算要用畫的，憑你的畫技也很難。」

猿猴用帶有調侃之色的眼睛俯視良彥。

「老實說，那一派的人也畫過我，還畫得很好，結果被某個有錢人高價買走了。不過當時特地改掉了眼睛的顏色，所以那幅畫沒有生命。」

猿猴一瞬間露出懷念之色，隨即又恢復為嘲弄的表情。

「可是我還是很中意那幅畫，所以稍微延緩了那傢伙的病情惡化的速度。」

⛩

「啊！對不起，先別打烊！」

聽見這聲呼喚，正要鎖門的老闆抬起頭。

「又是你？」

老闆一臉無奈地嘆一口氣。時間已經過了晚上七點，從石清水歸來的良彥直接造訪那家古美術店。

「呃，我想請教您幾個問題，方便嗎？」

下電車以後，良彥一路跑來，跑得上氣不接下氣。老闆看見良彥這副模樣，半是死了心，又重新打開店門。

「加納一慶？」

聽了良彥的問題，老闆盤起手臂如此複述，似乎在回溯記憶。

「對，您知道嗎？加納一派還有子孫嗎？」

良彥喝光了老闆好心端出來的冰麥茶，總算歇一口氣。他瞥了一臉新奇地在店裡閒逛的黃金一眼。店裡似乎焚過白檀之類的香，仍然留有香味，讓良彥陷入來到寺院的錯覺。店裡展示的作品有水墨畫，也有書法，但數量不多。裡間大概有更多商品是新客看不到的，只開放給識貨的常客觀賞。又或許這家店只是老闆基於個人的興趣而開。

「我不知道你是從哪聽來的，居然問起這麼冷門的畫師。」

說著，老闆從裡間拿出一本厚厚的畫集。

「加納是活躍於江戶初期至明治年間的畫師，主要是替寺社作畫，在業界算是小有名氣的一派。以加納為名的人之中，有的是一慶的血親，有的並沒有血緣關係，而是拜他為師的弟子。」

老闆翻動放在桌上的畫集，並在目的頁面停下來。頁面左上方有個小小的簡易族譜，記錄了一慶之後的六代門人。

「不過，進入昭和以後，本流的一慶血脈和弟子的血脈都斷絕了。」

「咦？那子孫……」

「應該沒有了。」

期待輕易地破滅，良彥露骨地垂下肩膀。他本來還盤算若是加納的子孫仍然在世，或許可以請那個人作畫。

「……哎，就算有子孫，也不知道畫技好不好……」

良彥喃喃說道。祖先是畫師，不代表子孫也是。

「你在調查加納的事？之前你也提過八幡公。」

老闆詢問大失所望的良彥。

「啊，不，也不能說是在調查……哎，是在調查沒錯啦……」

良彥含糊其辭，自己也知道這話說得不清不楚。「你辦不到的」——那隻猿猴所說的話，直到這個關頭才帶給他一股焦慮感。該怎麼辦？

「請問……」

良彥呼喚收拾畫集的老闆。

「去哪裡可以看到加納一派的畫呢？」

良彥所知的加納畫作只有八幡大神展示的那一幅而已。倘若仔細觀察他們留下來的畫作，或許可以知道八幡大神是憑藉什麼來決定自己的面貌。

「這個嘛，加納畫的大多是佛畫、紙門畫和天花板畫，留下來的紀錄很少。獻給神佛的東西不寫作者的名字是不成文規定。除非是很有地位的畫師，不然大多是口耳相傳，後來就被遺忘了。」

「這樣啊……」

在良彥又要垂頭喪氣之際，老闆給他打了劑強心針。

「啊，不過有一幅倒是還留著。」

老闆再次打開剛才闔上的畫集，駕輕就熟地找到目的頁面，並轉了個方向，以便良彥觀看。

「就是這幅，據說是清慶畫的。」

上頭是一隻摘取結實纍纍的枇杷來吃的猿猴。仔細一看，左右眼的顏色有微妙的差異，左眼是黃色，右眼是橙色。

「這是……」

良彥忍不住與黃金對望一眼。錯不了，這就是那隻猿猴所說的畫作。

「我認識這幅畫的主人。聽說石清水的八幡公本殿裡有個叫做『貫目猴』的裝飾品，這幅畫畫的就是那個裝飾品，所以左右眼的顏色才會不一樣。這是清慶還沒用清慶這個名字之前畫的作品。他是拜入加納門下的弟子。」

「清慶……加納清慶……」

良彥再度端詳猿猴畫。從一根根的蓬鬆毛髮、抓著枇杷的細長手指，到充滿好奇心的淘氣雙眼，都仔仔細細地描繪上色。清慶應該沒看過那隻神獸猿猴，只是照著雕刻來畫而已，卻畫得如此神似。

「清慶也和一慶一樣，是專替寺社作畫的畫師嗎？」

良彥詢問，老闆搖了搖頭。

「不，他是在明治以後才拜入門下，當年是在什麼地方畫什麼畫，現在已經沒人知曉。聽說他跟加納的……那時候應該是宗慶吧？學過畫。他好像是還俗以後才當畫師的。」

追溯記憶而發掘的真相——

「他本來是僧人，名字叫榮俊。」

⛩

「哎呀呀，看不出你小小年紀，居然畫得一手好畫。」

突然有人對自己說話，榮俊心下一驚，抬起頭來。上午的活兒才剛做完，他趁著空檔坐在石階邊緣畫寺門。被寺裡收留以後，師兄弟教他很多玩意兒，其中他最喜歡的就是畫畫。他沒有顏料，只能用墨水畫，但在兩年之間進步許多，越畫越細緻，停步觀看的香客也越來越多。

「我對作畫也小有自信，咱們何不互相替對方畫幅畫像呢？」

看似香客的陌生男子如此提議，讓榮俊有些困惑。不過男子的裝扮不俗，而且不知何故給人一種似曾相識的親切感，再加上距離上工還有一點時間，榮俊便答應了。

幾天後，裝扮不俗的男子再度來訪，數日之後又三度上門。起先，榮俊只是聽他閒話家常、點頭附和，直到男子第五次造訪，榮俊才對他提起自己的身世。

「我覺得我不該待在這裡。」

榮俊說道，臉上依然毫無感情。他自己也明白這一點，可是就是想不起從前是怎麼笑、怎麼哭的。

「你為什麼這麼想？」

男人詢問，榮俊宛如吐出沉重的硬塊，痛苦地說道：

「我是……罪人。大家是因為同情才收留我。」

聽了這番告白，男人並不怎麼吃驚，只是略微沉吟後說道：

「既然你是罪人，照理說該受應得的懲罰，不過你人在這個地方，不就代表你已經得到寬赦了嗎？」

「那是因為我年紀還小，只能這麼做。」

「是嗎？縱然犯罪的是幼子，倘若官府認定該罰，一樣會受罰啊。」

「可是——」

榮俊還想反駁，但見到坐在正對面的男人臉上柔和的笑容之後，不禁打住話頭。

「一畫到我的臉，你的畫技就變差了。」

男人突然這麼說，榮俊連忙垂眼望向手邊的畫紙。

「不只我的臉，你畫鳥、魚等動物也很拙劣。佛堂和燈籠明明畫得那麼漂亮。」

「對、對不起。」

「不，用不著道歉。我不是在責備你，只是好奇原因而已。不過我現在似乎明白了——你

這麼害怕面對生命嗎？」

聞言，榮俊猛然醒悟，咬緊牙根。從前他也曾數度嘗試畫鳥和魚，但不知何故就是畫不好，一直以為只是自己不擅長而已。

「如果你現在仍在懺悔自己的罪過，只要用你的方法去贖罪即可。或許這是種嚴苛的修行，但你以後一定會找到答案。」

說來不可思議，男人的聲音就像墨水滲透畫紙般，輕易地進入榮俊的心房。

「所以，榮俊。」

男人呼喚他的名字笑道：

「活下去吧。」

他的聲音十分溫暖。

融化在體溫之中，化為血液，流遍全身。

榮俊吐了口氣，連和母親別離時都沒有流下的淚水跟著奪眶而出，沿著臉頰滑落下巴，沾濕衣袖。他像個小孩一樣嚎啕大哭，男人溫柔地撫摸他小小的背部。不過，當榮俊停止哭泣時，男人卻消失無蹤。自此以來，榮俊再也沒有見過對方；詢問師兄弟，大家居然都說沒有看過那樣的男人，即使那人是那麼常來。

他究竟是誰?榮俊左思右想,只想得到一個人。

被這座寺院收留以後,自己每天在神佛前所做的不是誦經也不是祈禱,而是詢問自己有沒有資格活著。

知道這件事的只有祂。

「八幡大菩薩,我……我在此立誓,從今以後,只要我活著一天就會繼續贖罪,並屏除私念,祈禱人世和平。」

從這一天起,榮俊用慢慢攢來的顏料,以石清水的宮寺為原型畫成一幅曼陀羅。上方正中央是手持錫杖的八幡大菩薩,兩側是比賣神,中間及下方兩側是四尊束帶裝的武內宿禰。

「這個誓言永生不變。」

獻上畫好的曼陀羅時,在本殿合掌參拜的他如此下定決心,抬起頭來。一陣帶有綠葉香的和風吹過,輕撫他的臉頰,宛若在回應一般。此時,少年終於露出他這個年紀應有的表情,靦腆地笑了。

數年後,榮俊以西門的猿猴雕刻為本而作的畫受到加納宗慶的青睞,從此朝著繪畫之路邁進——

⛩

今天排晚班的信定正要去另一個職場「BOZU in Bar」工作，與他一同離開相林寺的孝太郎為了填飽肚皮，決定一同去酒吧。反正他今天休假，就算回家也只能閱讀看到一半的小說，或是上網看電影、練習英語會話。良彥現在依然頻繁登入的網路遊戲很耗時間，孝太郎出社會以後就不再玩了。

「咦？」

在距離最近的車站下了電車、走向酒吧的途中，孝太郎看見一個熟面孔正在等紅燈，便停下腳步。身旁的信定也跟著停步，循著孝太郎的視線望去。時間接近晚上八點，接近鬧區的這一帶今天同樣擠滿觀光客和下班後打算小酌一杯的人，能在如此洶湧的人潮中一眼發現，說來全賴兒時玩伴之能。

「良彥。」

孝太郎出聲呼喚，良彥回過神來，環視周圍尋找聲音的主人。孝太郎舉手示意自己的所在位置，良彥發現他之後，露出鬆一口氣的笑容。

「搞什麼，原來是孝太郎啊。我正在想事情，嚇了我一跳。」

「你是打完工正要回家嗎?總公司的大樓是在這一帶對吧?」

「不，今天是為了其他事情……」

良彥說道，視線移向站在孝太郎身旁的信定。這麼一提，他們應該是初次見面。

「這是我認識的和尚，開了家酒吧，現在正要過去。」

「和尚開酒吧?」

「信定，這是我的兒時玩伴，良彥。」

不久前還分不清神社與寺院有何不同的良彥，八成以為僧侶不能喝酒也不能娶妻吧。孝太郎無視大受衝擊的良彥，轉而向信定介紹。

「我叫信定，你好。」

信定露出待客用笑容，周到地打招呼，良彥也跟著低頭致意。或許是因為運動體系出身之故，良彥在問候和應答上向來不馬虎，因此頗得年長者疼愛。他偶爾流露出的這種一板一眼的特質，也讓孝太郎另眼相看。

「良彥老弟，你要回家了嗎?要不要來我們店裡坐一坐?」

基本上不認生的信定用眼神詢問孝太郎的意願，孝太郎沒有反對的理由，點了點頭。

「可以嗎？」

「嗯，反正平日客人不多，再說今天孝太郎也是客人，可以慢慢聊。」

信定露出笑容說道。良彥也同意了，三人再度邁開腳步。

晚上八點多抵達酒吧的時候，店裡已經有三組客人。看來像是剛下班的西裝打扮男性團體、看似觀光客的女性三人組，還有一對外國情侶。除了店長快真以外，另有一個打工的矮小尼姑在替客人服務。

「……好像有部電影叫做《泡BAR偵探》？」

店裡有裝飾華麗的佛壇，吧檯上是並排的千手觀音和濕婆神公仔，還有五顏六色的利口酒空瓶，直教人分不清是什麼宗教。

「原來和尚也會泡吧啊……」

目睹孝太郎已經司空見慣的光景，良彥肅然起敬地說道。

「不光是和尚，有時候也有神職人員。」

「咦？你也在這裡打工嗎？」

「不是打工，是幫忙。」

孝太郎喝著香迪雞尾酒矢口否認。他可沒有領薪水。

「明治時代神佛分離，到這裡又混合了……」

一時好玩點的「血池地獄」雞尾酒送來了，良彥一面端詳紅色液體一面嘀咕。

「你有時候會突然說一些不像你會說的話耶。」

孝太郎打量著兒時玩伴的臉。之前良彥還說過在找八家的杓子，也曾提起神武東征及名草戶畔；前往東京的時候，他想去的地方不是晴空塔也不是淺草，居然是茨城的鹿嶋。良彥在膝蓋受傷前滿腦子都是棒球，就算朋友是神社的孩子，依然對神道興趣缺缺。他心境上究竟產生什麼變化？

「咦？不會啊？高中的時候不是學過？」

「真虧你還記得。」

「哎，我好歹是日本人，這些知識還是懂的……好痛！」

「啊！」

良彥得意洋洋地說到一半，突然注視腳邊，又像是追逐著什麼似地抬起視線。

他望向店內一角，忍不住站起來。

「這是曼陀羅吧？」

說著，他指向牆壁。牆上確實掛著曼陀羅——當然是複製品——是密宗的〈金剛界曼陀羅〉和〈大悲胎藏曼陀羅〉，以大日如來為中心。

「可是和我看到的不一樣……這邊的人數比較多……」

「你在哪裡看到的？」

孝太郎有些傻眼地問。良彥只看一眼便知道是曼陀羅固然令人驚訝，不過也有可能是從電玩或漫畫得到的知識。

「我看到的是八幡大神的……」

「垂跡曼陀羅？」

端著起司拼盤過來的信定一臉意外地問道。

「啊，就是它！最上頭是僧侶打扮的八幡公，兩旁各有三尊神明。」

又來了——孝太郎暗想。他又開始說這種不像他會說的話。良彥到底是怎麼知道這些事的？有人在指導他嗎？

「這幅曼陀羅是真言宗的人帶來的，不過要擺在這家酒吧，八幡神的垂跡曼陀羅確實比較合適。店長雖然是僧侶，但這家店是不分宗教的。」

信定望著掛在曼陀羅旁邊的空海像和八幡大神的書法，面露苦笑。

「乾脆把那幅垂跡曼陀羅也掛上來吧……」

信定盤起手臂嘀咕。

「別亂來，那是真品吧？」

孝太郎察覺信定的心思，立刻制止。在寶庫找到的那些物品附有書狀，是真品的可能性很高。思及同一作者的作品有在美術館展覽的價值，放在這種不知何時會被喝醉酒的客人潑酒的店裡並不適當。這和在自家寺院展覽的情況大不相同。

「您有八幡公的垂跡曼陀羅嗎？」

良彥有些驚訝地問道。

「正確的說法是剛找到，從我們家的倉庫裡。我們最近要辦展覽，歡迎你來看。雖然不是有名的畫師，不過畫得很漂亮。」

「既然知道作畫者是誰，應該是很有地位的畫師吧？我聽說獻給神佛的東西不寫作者的名字，是不成文的規定。」

「良彥，為什麼你連這個都知道？」

孝太郎不禁皺起眉頭。這個熟悉的兒時玩伴真的是本人嗎？

「不，呃……我最近認識了一個古美術店的人，是他跟我說的。」

良彥視線飄移，抓了抓臉頰。雖然看起來萬分可疑，但他人緣向來不錯，倒是不無可能。至於他為何對這方面感興趣，又是另一個問題了。

「有另外附上書狀，上頭寫了作者的名字。那是畫師的遺物，照顧他的人為了替他超渡而送去寺院。當然書狀上寫的也有可能不是事實，不過我送去鑑定過了，應該可信。哎，就算搬出加納清慶的名字，有反應的人也是少之又少吧。」

聞言，良彥睜大眼睛。面對他出人意表的反應，孝太郎不禁停下正要拿酒杯的手。

「呃……才剛認識就提出這種請求，實在很不好意思……」

良彥努力克制迫不及待的心情，開口說道：

「能不能讓我看看那幅垂跡曼陀羅？」

⛩

獲賜僧名榮俊之前的他幼名「新太」，是住在長屋的貧窮人家長男。他很照顧兩個弟弟和一個妹妹，也常幫忙父母幹活，是個懂事的好哥哥。

「不過，新太的父親後來染病，一命嗚呼。當時新太才六歲，就算要出去掙錢，但他能做的工作也十分有限。母親為了年幼的孩子們，在附近的旅店攬了份新工作，每天都忙到很晚才回家。」

和信定相識的兩個禮拜後，良彥前來迎接八幡大神，表示想帶祂去某個地方，於是他們一起下山搭乘電車。八幡大神在良彥的請求下，說起這段往事。

「某一天，母親遲遲未歸，新太感到擔心便出門去接她。當年和現代不同，沒有電燈，新太匆匆忙忙地走在只有月光和星光照耀的路上，前往旅店。走到一半的時候，他突然察覺通往佛堂的岔路似乎有人，便偷偷窺探。只見在黑暗之中，有個陌生男子揮舞短刀威脅母親，意圖非禮。」

必須挺身而出。

保護母親。

年幼的新太雖然不明白男人的企圖，卻知道母親有危險，便大叫一聲衝撞男人。男人大吃一驚，失去平衡，但區區一個小孩豈能把大人撞開？結果反而激怒了男人持刀相向。母親察覺前來搭救的是自己的孩子，為了保護新太而背部中刀，在新太的眼前倒下來。瞬間，新太的理智斷線，抓起路邊的石頭。他不記得自己是用扔的還是用砸的，當他回過神來時，手上握著搶來的短刀，腳邊躺著渾身是血的男屍。他的母親也已經化為冰冷的屍體，一動也不動。

「新太向官府自首，但一來那個男人早有前科，二來新太的行為乃是情有可原，因此並未被問罪。後來，父母雙亡的兄妹分別被親朋好友收養，新太則是投靠了素有淵源的寺院。」

「……就是八幡大神的寺院？」

良彥問道，八幡大神溫柔地點了點頭。

「起初，他不笑也不哭，只是不斷詢問神佛自己可有資格活下去。我於心不忍，就撥了些時間開導他。」

「撥時間開導他……八幡大神本神嗎？」

「對。我想起從前曾和空海互畫肖像，所以也和榮俊做了同樣的事……在他自己找到答案以後，仍繼續為僧修行，替父母積陰德、為弟妹祈福，始終不曾忘記自己的罪愆。後來，到了幕末至明治初年，舊幕府軍逃進石清水境內。我還記得在那段動盪不安的時期，他依然繼續祈禱，希望別再有無辜的人枉送性命。」

良彥把視線轉向車窗外的景色。氣象祥和的居民與城市映入眼簾，絲毫感受不出曾經發生過那樣的動亂。活在自己所不知道的過去的人們誠心祈禱，才造就今日的和平。

「我並不清楚他還俗以後的去向。有人說他投靠了有淵源的寺院，也有人說他過著普通老百姓的生活。背負著殺人重擔與罪愆的他如何度過之後的人生，我無法想像。不過……」

八幡大神從懷裡拿出那幅畫像，一臉懷念地看著。

「只要他的心靈能獲得一時的平靜，露出發自內心的微笑，那就夠了。」

良彥不發一語，悄悄握緊膝蓋上的拳頭。

⛩

加納清慶的遺物展按照原訂計畫，在信定找孝太郎商量約兩週後開始了。由於未廣為宣傳，知道的一般人並不多，但古美術與佛畫愛好者卻是趨之若鶩。對於狂熱畫迷而言，加納一派的清慶之名似乎具有讓他們全體動員的魅力。

「你不是在展覽之前看過一次了嗎？怎麼又來了？」

不知是來幫忙、白參觀還是單純看熱鬧的孝太郎，見到再度造訪相林寺的良彥，顯得有些傻眼。

「有什麼關係？漂亮的畫看幾次都不嫌多啊。」

「你真的沒有撞到頭嗎？」

「什麼叫『真的沒有』？你的前提大有問題。」

良彥一如平時與孝太郎鬥嘴，帶著毫不知情的八幡大神前往充當展覽會場的主殿。供奉本尊藥師如來的房間隔壁擺上長桌，成了簡易展覽室。

「良彥。」

良彥還在入口向信定打招呼時，先一步進入房間的黃金呼喚他一聲。良彥望向狐神示意的方向，只見那家古美術店的老闆正在專心地欣賞曼陀羅。

「原來不只有〈吃枇杷的猴子〉一幅呢。」

良彥上前攀談，老闆一瞬間驚訝地瞪大眼睛，隨即又面露苦笑說了句「又碰面了」。

「沒想到會展出清慶的作品。」

「是啊，真沒想到。」

良彥用裝懂的口吻點頭贊同，又瞥了愣在身旁的八幡大神一眼。

「沒想到還俗以後拜入加納門下的榮俊，還有作品留存到現代。」

男神以寫著「神」字的紙張遮住臉孔，良彥看不見祂的表情，卻可以感受到幾乎溢溢而出的感情。

「……榮俊。」

八幡大神呼喚名字，忍不住朝著曼陀羅伸出手。

「錯不了，這是榮俊的畫作……是他年紀還小的時候首次畫下的曼陀羅，連同誓言一同獻給我的……」

顫抖的指尖輕輕觸碰觸曼陀羅。

「這幅畫明明在改朝換代的動亂中外流了，為什麼……」

「聽說落到古董商手上，是榮俊本人把它買回來的。」

良彥輕聲說出信定告知的內容。

「可見這幅畫對於榮俊有多麼重要。」

穿著藏青色夾克的中年男子離開展覽室，房間裡只剩下良彥、古美術店的老闆和看不見的眾神。八幡大神在曼陀羅前呆立片刻後，突然回過神來，快步走向其他畫作。清涼的水邊魚、嬉戲的小鳥、成雙成對的恩愛鴿子、坐在枝頭凝視著前方的猿猴親子……每幅畫都帶有他獨特的柔和線條與色調，每片鱗片、每根毛髮和羽毛都刻劃入微。

「……是嗎？榮俊，原來你……成了畫師啊……」

男神像是大感欣慰，又像是細細品味般呼喚，猶如在畫中看見從前的年輕僧侶。

「話說回來，清慶一開始畫得真糟。看看這個，根本分不出是什麼魚還是鯰魚。」

古美術店的老闆望著信定以「不堪回首的過去」形容的某幅畫。

「啊，我猜順序應該不是那樣。」

「順序？」

「這只是我的假設……」

良彥先如此聲明，以免被追問是怎麼知道的，接著半是為了八幡大神而進行說明。

「那些畫得很糟的八成是晚年的作品。清慶……榮俊或許得了眼疾。」

貫目猴所說的話一直令良彥耿耿於懷。

——所以稍微延緩了那傢伙的病情惡化的速度。

也許是因為自己的眼睛也被下了詛咒，所以猿猴才能看穿這一點。

「他的視力越來越差……所以不能作畫了？」

「這只是我的想像。不過，假如真是這樣，那個不就說得通了嗎？」

良彥一面和老闆說話，一面帶著八幡大神來到某幅畫之前。

「世事多變，唯神不變。」

良彥念出寫在畫作左上角的文字。字體大小不一，有些部分甚至糊掉了，良彥必須詢問信定才知道那是在寫什麼。即使如此，那確實是八幡大神的神諭，石清水的神社至今仍然高懸著這段文字。

不過，清慶的文字還有下文。
「縱吾有變，祈願不變。」
即使我的樣貌改變了。
即使我的畫技改變了。
我的祈禱永遠不變——
良彥望著呆立於身邊的男神。
「我不否定八幡大神順應時代、順應人們需求的好意。」
老闆以為良彥在自言自語，一臉詫異。良彥裝作沒發現，繼續說道：
「不過，已經夠了，不用勉強配合。就算世事改變，神明也不會改變，對吧？所以八幡大神只要維持自己的本色就好。」
展示於眼前的畫，用略細的線條勾勒出的並非僧侶，也非達官貴人，而是一個平凡無奇的男人。雖然線條顯得虛軟無力又不連貫，但依然可清楚看出穿戴整齊、手拿紙筆、盤起纏著綁腿的腳而坐的男人望著前方微笑的模樣。
看見這道再熟悉不過的身影，八幡大神不禁屏住呼吸。
「榮俊一定也會這麼說吧。」

良彥說完這句話之後，覆蓋八幡大神臉孔的紙張，無聲無息地掉落地板。

⛩

「聽說加納清慶原本是和尚。」

孝太郎在主殿旁和住在寺廟地板底下的貓玩耍時，與父親換班歸來的信定對他說道。

「你是聽誰說的？」

「來看展覽的古美術迷。果然是術業有專攻。送去鑑定的時候，我完全沒想過要了解加納清慶的過去，知道他是加納一派的人就沒有繼續追究。原來他是同行啊。」

貓用頭磨蹭蹲在地上的孝太郎的腳。孝太郎一面聆聽信定說話，一面撫摸牠的背，並將視線移向魚貫而入的觀眾。雖然不到蜂擁而至的地步，但展覽室的人流一直沒有斷過，始終有兩、三個人在參觀。寺方人員沒料到有這麼多客源，也有些吃驚。

「不過，沒人知道那幅畫中的男人是誰。雖然有八幡神的神諭，可是沒人會把八幡神畫成那樣，通常不是僧形就是束帶裝。」

世事多變，唯神不變。

縱吾有變，祈願不變。

信定發現這段文字之後，便希望能讓更多人看見。不過畫中男子究竟有何涵義，卻是任他想破腦袋也想不出來。栩栩如生的魚鳥畫和顏色塗到線外的雜亂畫作孰先孰後，不得而知。唯一可以確定的是，無論理由為何，清慶都沒有放棄作畫。

「……或許清慶是非畫不可吧。」

信定垂眼看著腳邊的貓，喃喃說道。孝太郎不解其意，用眼神反問。

「這是我個人的看法。我看了他的遺物，發現他畫的都是魚、鳥之類的生物。或許這些畫對他而言，算是一種放生會吧。」

心滿意足的貓從孝太郎的手中溜走，跑到別處去了。孝太郎回憶清慶的畫作。和亦為菩薩的八幡大神一同收入畫中的小生物，在紙上自由自在地游水、展翅翱翔，充滿生命之美的色彩。

「這代表他有想贖的罪嗎？」

「又或許是把這個視為自己的使命。無論如何，他原本是僧侶，難怪會收藏八幡大菩薩的曼陀羅。」

信定盤起手臂，倚著背後的牆壁。要推測的話，可能性很多，但真相已經無人知曉。

「……如果明治時代神佛沒有分離，我們現在是不是依然神佛合著拜呢？」

孝太郎喃喃自語。生在神社，他對於其他宗教並無排斥。他一直認為萬物皆有神靈的思想也涵蓋了外國神明。神道之國在古代接納了誕生於外國的佛教，正是最好的佐證。

然而，到了明治時代，神佛卻突然被分離。

即使神、佛與人的祈願依舊如昔。

「哎，其實日本人現在也一樣是神佛合著拜。」

信定打趣地聳肩，繼續說道：

「我查了一下，平成十年的時候，是自神佛分離以來首次有僧侶參與宇佐八幡公的祭典，重現古代的儀式。之後，每年僧侶和神職人員都會一同舉辦仲秋祭（放生會）。至於石清水，則是在平成十六年舉行了僧侶共同參與的儀式。」

信定與起身的孝太郎四目相交，微微一笑。

「宗教可以有區別，不過祈求和平與安寧不用。看到清慶那段文字的時候，我重新體認到這一點。」

哦，原來如此——孝太郎恍然大悟。

所以信定才沒找其他僧侶，而是找身為神職人員的孝太郎商量清慶畫作的事。

信定帶著神清氣爽的表情仰望天空。

「這麼一想，八幡公真是偉大啊，連結了神、佛與人。」

能夠自然說出這番話的僧侶朋友，讓孝太郎十分引以為傲。

「順道一提，祂也連結了愛迪生。」

「愛迪生？」

信定反問，孝太郎得意洋洋地說明：

「石清水的境內有愛迪生紀念碑，因為燈泡的燈絲是用石清水的竹子做的。」

聞言，信定嘆道「真是廣納百川」，露出自嘆弗如的笑容。

⛩

相林寺周圍有許多年代悠久的住宅，巷弄狹窄，雖然距離京都市內甚遠，氛圍卻頗為相似。

「……我明明知道的。」

良彥向信定道謝，又和孝太郎鬥嘴幾句後，便偕同八幡大神與黃金一起慢慢走向車站。

「世事多變，唯神不變……這是我自己說過的話，每天在石清水都看得到。」

走在良彥前頭的八幡大神仰望著五月的天空，每走一步，冠纓就像尾巴一樣搖來晃去。

「縱吾有變，祈願不變……直到榮俊和差使兄提醒，我才察覺。」

貧窮人家的長男被寺院收養成為小沙彌，後來變為獨當一面的僧侶、學會作畫，又還俗成為普通百姓，最後罹患眼疾，連畫筆都拿不好。在劇變的歷史之中，榮俊也有改變，但他的祈願一如與八幡大神互畫肖像時一樣，未曾改變。

他心中的八幡大神也始終如昔。

「對於榮俊而言，八幡大菩薩變成八幡大神，想必不是什麼大不了的問題。」

因此，在記下神諭與決心的作品中，他畫的不是僧形，也不是束帶裝，而是只有自己知道的「八幡公」。對他而言，那才足以代表八幡這尊神佛，才是真實的八幡。

「凡人替神明取的名字，只是隨著時代而變化的無足輕重之物，不必隨之起舞。神明拿出神明的風範，堂堂皇皇地坐鎮即可。」

走在良彥身旁的黃金搖著尾巴，用鼻子哼了一聲。

「神歸神，佛歸佛……然而，對凡人的諄諄善誘之心，與被稱為八幡大菩薩那時並無不同……沒錯，沒有改變。」

八幡大神把手放在胸口，像是自問自答似地喃喃說道。

良彥望著男神的背影，突然呼喚祂的名字：

「八幡大神。」

被稱為八幡公，深受愛戴，日本約半數神社都有奉祀的神明。

近在咫尺，常伴身側的存在。

「什麼事？」

看著祂轉過來的臉，良彥笑了。

「嗯，果然很帥。」

聽良彥煞有介事地一說，曾費心關懷幼子的男神那張與畫像一模一樣的臉上，露出了靦腆的微笑。

⛩

「哎呀，清慶大爺，新作品已經畫好啦？」

端著茶水和點心前來的總管，呼喚坐在緣廊的剃髮男子。雖已還俗，但他每天照樣剃髮，

只不過隨著眼疾惡化，他的動作變得越來越遲鈍。

「這是在畫誰啊？」

總管也往緣廊坐下，窺探清慶身旁那張墨水未乾的畫紙。從前的他妙手丹青，能將生物畫得活靈活現，釋放到名為畫紙的天空與河流之中；如今筆觸雖然大不如前，但這個承襲加納之名的畫師依然不肯放下畫筆。

「看起來像誰？」

清慶反問，已經失焦的雙眼仍舊望著手邊。他想從袋子裡掏米出來餵麻雀，但掏了許久都沒掏出來，迫不及待的小鳥一一飛到他的肩膀或手臂上。

「是誰呢……是您認識的人嗎？看起來是個溫厚的人。」

總管拿起畫紙來仔細端詳。紙上繪著一個中年男子。老是畫動物的清慶鮮少畫人物。畫中男人打扮得一派風雅，右手拿著毛筆，不知是在畫畫還是寫字，面帶微笑的表情有種難以言喻的柔和感，讓人心頭湧上一陣暖意。左上角的文字幾乎糊成一團，不過靠著僅能分辨明暗的雙眼還能畫得這麼好，已是很難能可貴。

「嗯，是個溫厚的大好人。」

清慶回答，麻雀們正在啄食他掌心裡的白米。

「是祂勸我活下去的。」

總管望向畫紙，接著又將視線移回被麻雀包圍的清慶，呵呵笑道：

「依我看，清慶大爺也是個溫厚的好人。」

「唔？」

清慶抬起頭來，瞇起幾乎已經看不見的雙眼，露出溫和的微笑。

要點

神明講座 3

# 告訴我八幡大神的故事！

談到八幡大神絕對少不了的故事，就是「宇佐八幡宮神諭事件」。

奈良時代，僧人道鏡因為治好了孝謙天皇（第二次即位時改稱「稱德天皇」）的疾病而得寵，之後便開始干政。七六九年，道鏡的弟弟弓削淨人與身為大宰主神（註15）的中臣習宜阿曾麻呂上奏，宣稱宇佐八幡宮的八幡大神降下「讓道鏡登皇位」的神諭。稱德天皇為了確認真偽，派遣和氣清麻呂前往宇佐八幡宮。清麻呂透過禰宜求神顯靈，八幡大神現身留下神諭：「夫自開國以來，君君臣臣，未嘗有立臣為君者。天津日嗣當立皇統，無道之人宜早掃除。」（我國自開國以來，君臣向來分際分明，從來沒有臣子變成君王的前例。天皇一定要由皇族即位，若有人違抗，應予以清除。）

清麻呂返回都城奏報此事，有意讓道鏡即位的稱德天皇勃然大怒，將清麻呂改名為「別部穢麻呂」，並貶去他的官職。但稱德天皇無法無視八幡大神的神諭，因此道鏡終究沒有登上皇位。稱德天皇駕崩、道鏡失去靠山而失勢之後，遭流放至大隅國的和氣清麻呂被迎回都城，成為拯救皇室危機的英雄，備受禮遇。

註15：大宰府是七世紀時設立管理九州地區的行政機關，設於筑前國。大宰主神是大宰府中總括神祇信仰的官位。

宇佐神宮是在七二五年創建的。
不過四十年便如此深受皇室信仰。
由此可見八幡大神確實是
日本的守護神。

# 附錄　恐怖的兜風之後

「咦?吉田同學要回家了?」

升上大學一個月後，正好是五月的大型連假。穗乃香與望應課堂上認識的女同學之邀，參加了團康社的烤肉活動。

「啊，呃……我等一下有事……」

「咦?有什麼關係!大家已經說好了晚上要放煙火，之後再去唱KTV耶!」

「就是說啊!明天也放假，不用急著回家嘛!」

包含新生在內的三十人，上午在郊外山裡的烤肉區集合準備，烤肉、烤蔬菜，如今時間已經過了下午三點。填飽肚皮之後，有的人去散步，有的人在附近的池塘釣魚，有的人在河邊玩水，有的人則是狂喝啤酒，形形色色。

穗乃香向來不擅長與人群相處，換作平時，邀她和不熟的人一起烤肉，她一定斷然拒絕。不過，一來是自覺上大學之後不該再如此封閉，二來是因為望說要去，她才決定參加。和大家一起開開心心地吃飯聊天，或許可以交到更多像望這樣的朋友——穗乃香是這麼想的，現實卻是許多學長頻頻向她搭訕，而且他們黃湯下肚之後變得更加纏人。雖然有些女生看不下去，出面制止，但一抓到機會，他們又會圍過來，根本沒完沒了。

「啊，對了，要不要喝燒酒？有適合女生的水蜜桃口味！」

「啊，不，我、我還未成年……」

「好乖喔～哎，就是這一點可愛。」

「呃，對不起，我要回去了！」

其實穗乃香並沒有其他要事，但她實在無法繼續忍受這種氛圍。這裡是山上，巴士班次不多，不過總比留在這裡應付醉漢來得好。

「別這麼說嘛！吉田同學，妳現在有男朋友嗎？沒有的話我來應徵吧！」

「啊？你在胡說什麼？先照照鏡子！」

「就是說啊！你以為你配得上吉田同學嗎？比起你，我還比較——」

男同學話說到一半，心下一驚，猛然住口。

「你是想說『我還比較配』嗎？學長。」

不知幾時間，望出現在緊緊抱住包包的穗乃香身後。被她這種活像模特兒的高挑美女一瞪，任何人都會不禁語塞。

「很遺憾，穗乃香和我比較配，請死心吧。」

「咦？松下同學和吉田同學是那種……？」

「任君想像。」

「所以我不是說過了嗎？不用勉強。我也是因為認識的學姊拜託才參加。」

望隨口打發一陣騷動的男生，並表示要送穗乃香到巴士站，與她一起邁開腳步。

離開烤肉區，望走在通往巴士站的步道上，對穗乃香投以啼笑皆非的視線說道。

「妳對於自己那張像洋娃娃一樣漂亮的臉蛋也該有點自覺了吧？」

「妳、妳自己不也是……」

「這句話等妳能夠保護自己以後再說吧。」

被她用修長的手指抵著鼻頭，穗乃香無言以對，只能垂下肩膀。

升上大學以來，望幫了自己不少忙。大學裡也有非直升的入學者，部分不識國、高中時期穗乃香的男學生受到她的外貌吸引，前來搭訕。倘若是教室在哪裡、這份資料要交到哪裡之類的事務性對話倒還無妨，一旦被問起選修什麼課、家住在哪裡、有沒有男朋友這類試圖拉近距離的問題，穗乃香就會變得結結巴巴。在這種時候，出面解圍的多半是望。兩人的科系雖然不同，但是選修的通識課幾乎一樣，自然時常一起行動，因而幫忙的人多半是望。

「當大學生……真累人……」

穗乃香嘆一口氣。或許是因為國高中時期總是被晾在一旁，自己也已經習慣這樣的待遇。在廣大的校園裡，必須拚命記住幾號館在哪裡的新生活中，還得留意人際關係，讓穗乃香心力交瘁。她原本希望能透過這次的烤肉活動適應一下，看來對於自己而言，門檻還是太高。

「我會隨便找個理由跟其他人解釋，妳快點回去睡午覺吧。傍晚我就會回去了。」

望宛若對待小孩一般，拍了拍穗乃香的頭。

「啊，還是去找男朋友安慰妳？」

「男朋友？」

「他叫什麼名字來著……良彥？」

突然冒出這個名字，讓穗乃香啞然無語，臉頰也立即發燙。

「不、不是！良彥先生他不是……」

「不然是什麼？妳提到的男人不是良彥，就是有戀妹情節的哥哥啊。」

被一語道破事實，穗乃香無言以對。為了哥哥的名譽著想，她本想反駁戀妹情節這一點，但仔細想想，送了名牌包包、皮夾及鞋子等總價超過十五萬圓的物品當入學賀禮的哥哥，或許真的有戀妹情節也說不定。別的先不說，他怎麼知道在去年之前一直鮮少碰面的妹妹是穿幾號的鞋子？穗乃香不記得哥哥曾問過自己，不知他是事前去確認放在玄關的鞋子，還是詢問父母之後得知的？穗乃香希望是後者。

在巴士到來之前，穗乃香與望閒聊，消磨時間；直到順利坐上巴士以後，她才得以在乘客稀少的車內歇一口氣。留下望自行離開讓她有些不安，不過還有其他女同學在，望應該會和她們一起回去吧。望與自己不同，並不缺乏社交能力。雖然與本人的喜好無關，但她高中時代畢竟是屬於金字塔頂端的小團體，因此上了大學之後也常被同一類學生搭訕。再加上對於父親之事釋懷以後，她的表情變得相當開朗。望放下束起的頭髮、任髮絲隨風飛揚，用那雙修長的美腿闊步於校園中的身影，就連穗乃香有時都會不禁望而出神。

「……我不想礙手礙腳的。」

穗乃香在巴士最後排的座位上微微地嘆一口氣。待在交了新朋友、享受大學生活的望身旁，穗乃香不知不覺間產生這種想法。不想變成望的負擔——滿腦子都是這個念頭的穗乃香參加了烤肉活動，但終究還是不順利。

穗乃香凝視著手中的智慧型手機，這一個月裡只和良彥傳過幾次訊息而已。她拚命適應新生活，沒有多餘的心力約良彥見面。沒有差事牽線，他們也沒有見面的理由。穗乃香想起望所說的話，停下正要開啟通訊軟體的手。經望那麼一說，她反而開始胡思亂想，緊張起來。良彥應該只把她當成有神明這個共通話題可聊的小妹妹吧？一旦自己放手，這段關係或許會輕易結束。

穗乃香嘆一口氣，把視線轉向車窗外。新綠點綴的青山逼近眼前，與初夏的天空相互輝映。此時，對向車道有一輛紅色敞篷車呼嘯而過，與緩慢行駛的巴士正好成對比。穗乃香並未留意一瞬間便通過視野的車子，只是隔著車窗眺望著樹林的鮮豔綠意，仰望天空。數秒過後，她突然歪頭納悶。

那輛車好像在哪裡看過？

在不安的驅使下，穗乃香回頭望向後車窗，只見紅色敞篷車仗著沒有其他車子，一面發出摩擦輪胎的刺耳聲音，一面甩尾掉頭。穗乃香在駕駛座上發現了熟悉的女神身影，不由得用雙手摀住嘴巴。

「我、我要下車！」

穗乃香慌忙按了下車鈴，再次回頭望向停在巴士車尾的敞篷車。倘若她的記憶無誤，那和從前在東京租的車是同樣車款。她不認識笑盈盈地坐在副駕駛座上的男人，但後座上雙手抱著貓頭鷹和蟾蜍的確實是良彥錯不了；從駕駛座和副駕駛座的縫隙間，也可看到探出頭來的黃金。雖然不知道發生什麼事，但他們追了上來顯然是有事要找她，若是不快點阻止他們，只怕這裡會變成鈴鹿賽車場。

「穗乃香，好久不見啦。」

穗乃香在最近的站牌下車之後，走出駕駛座的須勢理毘賣一把抱住她。從那柔軟的身體傳來一陣花香味。

「須、須勢理毘賣娘娘，到底是怎麼回事……？」

穗乃香望向車子，只見副駕駛座上那個身穿粗布衣的男人還是一樣笑容滿面。以現代人的眼光來看，那身打扮顯得有些怪異，大概也是神明吧。

「還能是怎麼回事？我們在找妳。良彥有東西要給妳。」

說著，須勢理毘賣把良彥從後座拉下來。祂的手臂雖細，力氣卻很大，毫不容情。

「拜拜，良彥！好好加油啊！」

須勢理毘賣將顯然在暈車的良彥扔在路邊，留下這句話以後再度發動車子。車子在貫穿山中的道路上疾駛而去，轉眼間便消失無蹤。

「良、良彥先生，你不要緊吧？」

目瞪口呆的穗乃香攙扶趴在地上的良彥，讓他坐下。

「……為什麼久延毘古命都不會暈車啊……太不公平了……」

良彥擠出聲音來喃喃說道。看他的臉色如此蒼白，似乎很難受。搭乘須勢理毘賣開的車走山路來到這裡，會變成這樣也是理所當然。

「是和差事有關嗎……？」

「嗯，有關是有關，不過已經結束了……」

良彥從包包裡拿出一個小包裹，遞給依然一頭霧水的穗乃香。

「雖然晚了很久，這是入學賀禮。」

看見包裝精美的禮物，穗乃香更加混亂，愣在原地。

「須勢理毘賣祂們說要幫我挑選，結果挑的都是祂們自己想要的東西，所以最後還是由我決定了，不好意思。」

穗乃香從面露苦笑的良彥手上僵硬地接過禮物。舒適的重量感傳達至掌心。

「其實也不一定要今天送給妳，可是那個賽車手說打鐵要趁熱，堅持今天送……追到這種地方來，對不起。」

資訊總算串連起來，穗乃香莫名地鬆一口氣。原以為是發生什麼緊急狀況，看來並非如此。

「……我可以拆開嗎？」

「不是什麼大不了的東西喔。」

良彥如此自謙，面露苦笑。穗乃香當著他的面慎重地拆開包裝。她沒想到良彥會送她禮物，喜悅逐漸湧上心頭。

「……啊！」

透明塑膠盒裡裝的是色調如櫻花般柔和的原子筆，帶有高雅的珍珠光澤。仔細一看，上頭還刻了穗乃香的姓名「HONOKA YOSHIDA」。

「抱歉，是便宜貨。我覺得送實用的東西比較好……」

見穗乃香愣愣地望著禮物，良彥辯解似地說道。

「還是妳比較想要其他東西？」

良彥略帶顧慮地詢問，穗乃香猛然抬起臉來，搖了搖頭。

「不、不是！不是的，我是太開心了！」

穗乃香在胸前緊緊握住原子筆，尋找言詞。這種時候，她真氣惱無法好好表達感情的自己。

「謝、謝謝！我一定、一定會好好珍惜！」

臉頰滾燙不已。不只臉頰，全身都帶著無法掩飾的熱度。

「妳開心就好。」

良彥鬆一口氣地露出微笑，穗乃香也跟著笑了。

清楚定義這份感情的日子，應該已不遠了——

⛩

「話說回來，須勢理毘賣，把他們倆留在山裡不要緊嗎？」

在輕快飛馳於山路上的車子裡，久延毘古命用不遜於風聲的音量問道。

「不要緊，反正還有巴士，他們慢慢來就行了。年輕真好，讓我也回憶起和老公剛認識時那種青澀的感覺。」

手握方向盤的須勢理毘賣露出懷念的笑容。

「回憶……」

後座上的富久和謠都躺平了。黃金瞥了祂們一眼，抬起鼻頭。

——方位神啊，祢該不會以為自己的記憶是完好無缺的吧？

那一天，蒼藍貴神所說的話在心頭翻騰著。

「……難道我也失去了記憶……？」

黃金的輕喃聲，隱沒於風聲之中。

「而我竟是渾然不覺嗎……？」

在久遠的記憶裡，祂彷彿聽見一道哭泣聲。

# 後記

（小心劇透）

本集真的是被資料耍得團團轉的一集。乖乖讓我順利寫完的只有久延毘古命的故事（說歸說，祂的故事也是寫了兩次才寫好），至於金長公和八幡公，光是和文獻大眼瞪小眼，就花了我約兩個月的時間。

剛開始撰寫「諸神的差使」系列時，我曾經製作過簡單的企畫書，說明要寫哪些神明的故事，久延毘古命也名列其中。由此可見，我打從一開始就有請祂出馬的念頭。當時的構想是，身為安樂椅偵探始祖的久延毘古命寫了一部推理小說投稿小說獎。由於主角是稻草人，連我也無法想像會是什麼樣的故事。想當然耳，這個構想後來作廢了。

關於金長大明神，我實在有太多話想說了（笑）。如同在作品和神明講座中所說的，「阿波狸合戰」原本是口傳故事，因此資料收集越多，越容易掉入資訊不一致的混亂陷阱裡。當我發現市公所手冊裡的「一本松阿竹」居然不存在於文獻中時，那種焦慮之情真是筆墨難以形容。不過，也多虧了這種資訊不一致，才能寫成這次的故事。如果政府和民間能夠合力彙整「阿波狸合戰」的故事就好了。這些故事好不容易才能流傳到今天，希望以後也能繼續傳承下去。在這裡，我要向一再耐心回答我問題與提供寶貴資料的金長神社與守護會相關人士、不計較我沒有事前預約依然鄭重接待我的小松島市公所的各位職員，以及神對應的四國大學附屬圖書館和德島縣立圖書館再次致上感謝之意。

話說回來，我在閱讀作品中也有提及的文獻時，發現在《金長一生記》中，金長公首次附在萬吉身上與茂右衛門交談的時間是「天保十一年子」，但是在《古狸金長義勇珍說》卻是「天保十年子」。天保十年是亥年，所以《古狸金長義勇珍說》是錯的，大概是謄寫的時候漏掉了「一」。照這麼看來，或許《金長一生記》的歷史比較早也說不定。而《古狸金長義勇珍說》的序文也有古怪，如果有人對這本書有研究，還請聯絡我。順道一提，上網搜尋可以查到名為《古狸金長義勇珍說席》的文獻，這八成是《古狸金長義勇珍說　序》的誤植。

關於八幡大神，我原本打算以石清水八幡宮在二〇〇七年發現、據說為十八世紀製造的「玉纏御太刀」（伊勢神宮有相同形狀的神寶存在，其他古墳中也發現過類似的陪葬品，但是除了伊勢的神寶以外，鮮少有形狀完整的）為題材來寫一篇故事，但是在多番討論過後，還是決定以八幡大神的演變為主題。我覺得這是正確的選擇。前往宇佐取材（實為參拜）時，錯身而過的神職人員、巫女以及來幫忙的太太們都笑咪咪地向我說早安，令我印象深刻。不愧是友善的ＵＳＡ（宇佐）。此外，住在關西的我是以「八幡公」稱呼八幡大神，住在關東的責編卻是以「八幡老爺」稱呼，這種稱謂上的差異也很有意思。

這次くろのくろ老師同樣以華麗的插畫點綴了封面與彩頁。這集是動物集，所以我希望能以動物為封面，くろのくろ老師也滿足了我的要求。圓滾滾的小狸貓……好可愛……不著痕跡地融入畫面之中的久延毘古命我也很喜歡。

以下是謝詞。

書架大概已經被塞滿的「Unluckys」、家人、親戚及祖先，我要向你們獻上不變的愛與感謝。淺葉是靠著家人提供的糧食活下來的。兩位責編，這次大綱和原稿都遲交，害你們七上八下，是我能力不足，真的很抱歉……下次……下次我一定……（避免明說）。

除此之外，漫畫版《諸神的差使》一至三集好評發售中。十二月預定發售的第四集將替漫畫版暫時畫下句點。無論是出雲的夫婦神、稻本先生，或是高龗神與遙斗，ユキムラ老師都畫得非常細膩，神社與景色描寫也都十分忠於現實，拿著漫畫巡迴各個舞台應該很有趣。請大家務必看看。

最後，願拿起這本書的您也能感受到神明的軌跡。

後會有期，第九集再見吧。

二〇一八年　十月某日　眺望颱風過後的藍天　淺葉なつ

## 參考文獻


《阿波的狸貓故事》　笠井新也（中央公論新社）
《從頭了解日本神明3　八幡大神》　監修・田中恆清（戎光祥出版）
《小松島市史》　小松島市史編纂委員會
《實說古狸合戰・四國奇談》　演講・神田伯龍（中川玉成堂）
《續　神社入門》　監修・神社本廳（扶桑社）
《神道文化叢書1　神道百言》　岡田米夫著（一般財團法人神道文化會）
《津田浦大決戰・古狸奇談》　演講・神田伯龍（中川玉成堂）
《凌霄　第3號》　編輯・四國大學圖書館（四國大學）
《八幡信仰事典》　中野幡能編（戎光祥出版）
《日開野復仇戰・古狸奇談》　演講・神田伯龍（中川玉成堂）

## 致謝

金長神社的各位相關人士

金長神社管理人　梅山先生

金長神社守護會　服部先生、松村先生

小松島市公所商工觀光課　花房先生、永井先生

四國大學附屬圖書館　山本先生

德島縣立圖書館

以上不分順序，感謝各位提供寶貴的資料與協助。

這個世界上，有很多東西雖然眼睛看不見，
卻很重要——

# 七彩香氛 ~聆聽香味訴說的祕密~

淺葉なつ／著　許金玉／譯

秋山結月擁有與小狗一樣靈敏的嗅覺，但這項能力從來只運用來大啖美食。然而某天，循咖啡香而來的她，遇見的不是咖啡，而是精通古今中外香味的香道本家繼承人——神門千尋。為了解開人們寄託予香味中的各種心思，他們以鼻代耳，傾聽香氣隱約發出的聲音，而香氣遠比任何事物都還熱絡地訴說著祕密……

定價：NT$280/HK$85

這位神明既不引發奇蹟，也沒有神力，只會「陪在你身邊」。與神明之間的溫暖幸福物語。

# 等你回家的神明

鈴森丹子／著　古曉雯／譯

神谷千尋趁著來到都市就職而開始獨居，但她的心已經變得脆弱不堪。寂寞的她不小心撿了狸貓回家養，沒想到狸貓竟然會說人話，還聲稱自己是神明……？從此以後，她每天多了一項例行公事，那就是將一整天發生的事情都說給神明聽。獨居OL撿到這樣的神明後，編織而成的溫柔暖心物語。

定價：NT$280/HK$85

國家圖書館出版品預行編目資料

諸神的差使 / 淺葉なつ作 ; 王靜怡譯 . -- 初版 .
-- 臺北市 : 臺灣角川 , 2019.07-
冊 ; 公分 . -- ( 角川輕 . 文學 )

譯自 : 神様の御用人
ISBN 978-957-743-135-6( 第 8 冊 : 平裝 )

861.57 108008094

# 諸神的差使 8

原著名＊神樣の御用人 8

作　　者＊淺葉なつ
插　　畫＊くろのくろ
譯　　者＊王靜怡

2019 年 7 月 29 日　初版第 1 刷發行

發 行 人＊岩崎剛人
總 經 理＊楊淑媄
資深總監＊許嘉鴻
總 編 輯＊呂慧君
編　　輯＊溫佩蓉
設計主編＊許景舜
印　　務＊李明修（主任）、張加恩（主任）、黎宇凡、張凱棋

台灣角川

發 行 所＊台灣角川股份有限公司
地　　址＊105 台北市光復北路 11 巷 44 號 5 樓
電　　話＊（02）2747-2433
傳　　真＊（02）2747-2558
網　　址＊http://www.kadokawa.com.tw
劃撥帳戶＊台灣角川股份有限公司
劃撥帳號＊19487412
法律顧問＊有澤法律事務所
製　　版＊尚騰印刷事業有限公司
I S B N＊978-957-743-135-6